鬼同學
The Ghost Classmate

鬼同學

The Ghost Classmate

第1章・臨別約定

1

數個月前，J女中。

又到了鳳凰花開的季節，每年只要到了這個時候，都會有一批高三的學生，將告別三年的高中生活，各自奔向屬於自己的前程。

今天是此屆高三生最後一次上學的日子，就在這個日子，同樣身為畢業生的葉曉潔，將去年就讀於普二甲的同學全部找來，聚集在J女中的室內體育館之中。

這間室內體育館從去年寒假的時候開始進行大規模整修，一直到了幾個禮拜之前，才好不容易整修完畢，是個耗時超過一年的大工程。

除了負責整修的工人與學校高層少數幾個人之外，沒有人知道之所以需要花費那麼多的時間與經費，都是因為天花板破了一個大洞，導致整個天花板都得拆掉重新建造。

去年寒假，J女中的校園裡面發生了一起重大案件，在寒假剛開始的頭幾天，有數以百計的屍體被發現陳屍於校園的各個角落。

這些屍體全部都沒有頭顱，由於身上大多穿著道士服裝，因此被懷疑與邪教的集體自殺有關。整起事件太過於恐怖與詭異，學校董事會竭盡所能地將這起事件掩蓋起來，導致幾乎沒什麼人知道這起事件。董事會之所以會決定這麼做，當然也是因為學校董事會本來就跟這起事件有關，眼看事情鬧得那麼大，自然需要亡羊補牢，封鎖一切消息。還好靠著光道長生前的人脈，這件事情也勉強被校方給遮蓋下來。除了少數警政高層與校方高層之外，知道的人極為有限，整起事件最後也以集體自殺殉教結案。

然而就算董事會封鎖了一切消息，就連每天在這所學校上下學的大部分師生都不知道自己所踏的這片土地上，不久前才發生過這麼恐怖的事件，但是對葉曉潔這個親身經歷了這場事件的人來說，不可能因為校方的掩蓋就遺忘，同樣的，對其他當時就讀普二甲的同學來說也是一樣，雖然說她們沒有親身經歷這起事件，但是在這起事件發生前幾天，她們同樣歷經了另外一場極為恐怖的事件。

而這些無辜的女學生之所以會被捲入這些事件，關係到一場極大的陰謀，只是在事過境遷之後，這些過去殘留下來的痕跡都被人蓄意地抹滅掉，就好像這座室內體育館一樣，天花板已經整個翻新，完全看不到當初破洞的痕跡。

寒假過後，因為班導洪昊吉老師失蹤被學校革職，校方也順勢將普二甲解散重組，原本普二甲的同學被打散分到其他各個班級之中，學校也竭盡所能地監控著普二甲的所有學生，並且安排一整組的輔導老師，每天、每週都會美其名地進行訪談與輔導，實則為了長時間監視、觀察這些同學們的一言一行，以避免她們為學校帶來任何負面影響。

大部分的同學隨著時間過去，對於高二時發生的那起事件，記憶都已經有點模糊混亂了，但是在畢業前夕，曉潔將大家集合起來解說之後，所有人的記憶都回復了。

被拉入名為「滅」的異空間，被那空間之中的妖魔鬼怪追殺，對她們來說，這是親身經歷，但是卻在過去的一年之中，被學校強迫洗腦成那只是一起嚴重的食物中毒，導致她們產生了幻覺。在輔導的過程之中，學校以治療為由，禁止她們討論當時的事情，理由是如此一來會影響其他人的治療。

在這些「治療」之下，所有的親身經歷都變成了南柯一夢，就連這些同學的腦袋都跟著混亂了，因此，也有許多學生開始相信並接受這樣的說法。

但是曉潔卻沒有那麼容易被這些說法打動，學校似乎也察覺到了這一點，因此在這一年多以來的時間，不只派老師盯著曉潔，還特別私下找了一些曉潔新班級的同學，要「她們」擔任臥底，嚴格監視著曉潔的行動。

因此曉潔一直拖到了畢業這一天才有所行動，因為在這個學期的最後一天，所有人都以為曉潔已經放棄，在疏於防備的情況之下，才會讓曉潔有機會快速將過去普二甲的同學全部集合在這裡。

而曉潔之所以選擇體育館，是因為對曉潔來說，這座體育館有著特別的意義。當年被鍾馗祖師上身的阿吉就是在這座體育館中，面對可以說是阿畢與光道長最後的武器天逆魔，自此之後音訊全無。

雖然說這可能早就是阿吉所預料到的情況，可是曉潔寧可相信，那個好色又玩世不恭的阿吉，現在還在某個角落生活著。

今天，就在大家最後一天來到學校的日子，曉潔把大家集合到這個別具意義的體育館之中，當然有她的原因。

對這些同學來說，在經歷那件事情之後，洪老師跟著就離開了學校，對於在那之後幾天，發生在這間學校的恐怖喋血事件，這些同學完全不知情。不只如此，雖然被捲入了那起事件之中，但是對於其中的緣由與關係，眾人也完全不清楚。

所以今天曉潔將大家群聚在這裡，就是為了向大家說明去年發生的事情。

在大家都集合之後，曉潔將整起事件的始末，簡單扼要地跟大家說明，包括洪老師的真實身分，班上同學接二連三被那些恐怖的事件纏上，鍾馗派的陰謀等等，全都告訴大家，並且將那起發生在這座校園之中的恐怖大戰，也一併告訴了所有同學。

「告訴妳們這些，」曉潔向所有同學說：「除了想要讓妳們知道真相之外，還希望妳們不要忘記洪老師。他就是在這裡，為了妳們與他自己所相信的正道而奮戰，直到最後。這裡就是因為這樣，才被迫關閉整修一年，這就是當時的事情留下來的最大證據。」

聽到曉潔這麼說，同學們紛紛看著幾乎可以稱為被翻新的室內體育館，尤其是天花板整個重建，更是證明了曉潔所言不假。一般來說，就算是老舊翻修，也很少會重建整個天花板，除非那天花板上有個無法簡單修補的洞。

「當然，」曉潔誠懇地說：「除了希望妳們不要忘記洪老師之外，還有一件事情我希望妳們記得，不管妳們每個人跟我之間的交情如何，未來一旦妳們遇到詭異或者無法理解的事情，都可以打電話給我，我會盡我所能來幫妳們。」

曉潔話才剛說完，體育館外傳來了一陣騷動，在發現以前普二甲的這些同學全部不見之後，老師與教官們全都慌亂成一團，幾乎是全體動員在找這些學生。

老師與教官們闖進體育館，讓這場最後的體育館同學會畫下了句點，當然對曉潔來說，最重要的事情她都已經交代好了，其他的都不重要了。

尤其是最後的那些話，是曉潔這次集合大家最重要的目的。

畢竟此刻的她雖然不是道士，但是腦袋裡面卻裝了自鍾馗以來流傳下來的口訣，她非常清楚，長期暴露在滅陣之中的這些同學，後遺症恐怕不會那麼早結束。

曉潔擔心她們未來會遇到不祥的事情，到時候自己不在身邊，恐怕想幫也幫不上忙，因此才會特別將大家集合起來，就是希望屆時她們可以想到自己。

那麼至少，她可以代替阿吉，想辦法幫大家度過難關。

那天，學校聯絡了曉潔的媽媽，並且要她媽媽將她帶回家，這就是曉潔最後一次到J女中所發生的事情。

幾個月後，曉潔到C大學報到，開始了人生的另外一段旅程，對於這段新旅程，曉潔只有一個期望，就是不會再發生任何類似當年J女中發生過的那些事件。

……只是曉潔真的壓根兒不知道，C 大學是全台灣所有大學之中，靈異傳聞最為旺盛的學校。

2

數個月後的現在，C 大恐怖電影、小說與電玩研究賞析社的社辦之中。

開學至今已經過了一個月，卻在今天突然跑來了兩位同學，吵著要加入社團。

對於這個因為人數不足而面臨倒社邊緣的社團來說，有人要加入當然是件好事，雖然這兩位社員已經是大二生，而且打從一開始就讓人有種「司馬昭之心，路人皆知」的感覺，不過身為社長的溫盈甄還是堆滿了真誠的笑容歡迎兩人入社。

「為了讓我們這些新進社員可以快速融入社團之中，」其中一位新社員這麼說：「不知道可不可以請這一屆的大一新生也自我介紹一下？先讓她們自我介紹，然後再換我們兩個自我介紹。」

「不需要吧？」林亞嵐冷冷地說：「都已經一個月了，社團裡面還有人不認識我跟曉潔嗎？」

不過從社長溫盈甄那副已經徹底煞到這位新加入社員的表情看來，林亞嵐知道就算這位新社員此刻要她辭去社長換人當，溫盈甄恐怕連眉頭都不會皺一下，馬上答應這個要求。

「沒關係啦，」果然溫盈甄立刻轉過頭來說：「反正新生只有妳們兩個，加上兩個新入社的社員，也不過就四個人自我介紹而已。很快，不會太麻煩的。」

既然社長都這麼說了，亞嵐跟曉潔互看一眼，最後只能接受這個結果。

「大家好，」林亞嵐的臉上無奈到了極點地說：「我叫林亞嵐，是今年大一的新生，跟曉潔一樣，都是中文系創作組的學生。之所以加入這個社團是因為我很喜歡看恐怖片跟恐怖小說，最喜歡的作家是貴志祐介，最喜歡的導演是《鬼玩人》的山姆．雷米，大概就這樣。」

自我介紹完之後，林亞嵐緩緩地坐了下來，並且白了坐在對面的新社員一眼。

然而那個新社員卻完全不在意，用力地幫林亞嵐鼓掌，只是整間教室就只有這位新社員的掌聲，反而顯得有點尷尬。

當然林亞嵐會有這樣的反應，本來就是這位新社員自找的。

畢竟除了這兩個新加入的社員之外，經過了將近一個月的時間，大家都已經差不多都認識了。換言之，這場自我介紹，根本就只是為了滿足這兩個新加入的社員才特別舉行的。

然而更讓亞嵐無言的是……這兩個新社員，根本就早就認識她和曉潔了啊！如果真的想要更加融入社團，認識成員，怎麼樣也不是叫她們兩個自我介紹，而是應該要其他人自我介紹吧？因此這兩個新社員根本就是衝著自己跟曉潔來的，讓亞嵐非常的不爽。

在亞嵐自我介紹完之後，接著登場的當然就是坐在亞嵐身邊的曉潔。

「我叫葉曉潔，」曉潔有氣無力地說：「會加入這個社團是因為亞嵐拉我來的。我很喜歡看小說，但是沒有特別喜歡的作家，偶爾會看看電影，不過也沒有特別喜歡的導演。大概就這樣。」

與亞嵐一樣簡短地自我介紹之後，坐下來的曉潔，甚至連看都不想看對面的新社員一眼。

而對面兩個新加入的社員完全不在乎曉潔的反應，依舊響起刺耳的掌聲。

「好啦，」其中一個新社員站起身來說：「那麼接下來就換我自我介紹了，我叫做詹祐儒，目前是中文系的系學會會長。相信有我的加入，這個社團肯定會蓬華生輝。」

聽到詹祐儒這麼說，曉潔跟亞嵐已經翻起了白眼，但是詹祐儒卻完全不受影響地繼續說下去：「我最喜歡的作家是村上春樹，最喜歡的導演是王家衛。平常喜歡的休閒娛樂就是看書、散步。曾經上過一些電視節目，相信在座的各位對我應該有印象。不過我想跟各位說的是，不要從那個冰冷的電視之中來認識我，那些不過只是膚淺的表象，現在的我就在各位的面前，等到你們真正近距離接觸我，才能夠真正了解我的為人。我保證不會讓大家失望，甚至會讓各位驚呼連連。好啦，現在就讓我們進入今天的主題吧！不知道我們今天要看哪部電影呢？」

詹祐儒擅自獨斷地開始了這場自我介紹，又如此粗暴地結束，彷彿只要介紹完這三個人，整個社團裡的其他人都不重要了。

坐在他身旁跟著一起加入社團的男同學，似乎也對這種情況習以為常，完全沒有半點不滿的情緒。

這個新加入的男同學，當然就是詹祐儒最得力的跟班，也就是林亞嵐的直屬學長蔡孟斌。

突然出現在社辦的兩人，吵著要加入社團，在亞嵐與曉潔抵達社團的時候，兩人已經以新入社的社員身分，掛著一臉微笑坐在那邊迎接她們的到來。

就這樣，這個被中文系視為救世主的男人，降臨在這個小小的社團，儘管曉潔與亞嵐完全不願意承認，但是這男人一出現，的確瞬間讓整個社團籠罩在一股前所未有欣欣向榮的氣氛之中。

他的一句話，就好像上蒼的感召一樣，讓所有人立刻動起來，將視聽設備以近乎專業的速度裝設好，螢幕頓時就出現了畫面。這種效率是亞嵐加入社團以來，從來不曾見過的。所有女社員的臉上，全部浮現出一種企圖心與幸福感，至於本來為數就不多的男社員們，臉上則是流露出一種完全不同的欽佩與崇拜，幾乎就跟中文系系學會裡的氛圍一樣。

看到此情此景，讓曉潔與亞嵐不禁無言地搖頭。

這男人就好像病毒一樣，不管到哪裡都會讓那個地方遭受感染，而兩人就好像唯二免疫的人一樣，無奈到了極點。

很快地，電視上出現了畫面，燈光也暗了下來。

今天眾人觀賞的電影是《深入絕地》（The Descent），故事敘述六個愛好運動與冒險的女性閨蜜，一同前往一個尚未被發現的洞窟之中探險，卻發生了意外並且被長年生活在洞窟之中的不明生物追殺。這部在二〇〇五年上映的電影，由於劇情緊湊，加上對六名好友之間的人性刻劃頗為深刻，因此獲得不少恐怖迷的好評，甚至有人將這部電影奉為經典。

電影精采緊湊，幾個角色之間的感情糾葛，讓在場所有人看得心也跟著糾結在一起，加上那些洞窟怪物不時出現襲擊眾人，更是讓大家驚呼連連、十分過癮，畢竟會加入這個社團的人，本來就非常喜歡恐怖片，因此當然看得相當滿足。

按照慣例，在看完電影之後，就是大家互相分享自己看過這部電影之後的一些心得。這原本應該是亞嵐最期待的部分，因為她可以從曉潔口中聽聽一些真正「專業人士」的看法。

然而，在得知這個慣例之後，詹祐儒非常主動地自告奮勇，立刻受到其他女社員們熱烈的回響。

「各位真的很幸運，」詹祐儒裝模作樣地點著頭說：「不瞞各位說，我也算是『專業影評』。在高中的時候，我就曾經發表過許多影評的文章，當時還獲得不少回響，當然這些或多或少都對日後我在創作小說上有顯著的幫助。」

詹祐儒話才剛講完，底下的女社員立刻報以熱烈的掌聲。

「當然關於這部電影，」詹祐儒攤了攤手說：「非常明顯的就是部女性主義的電影。故事中的六位女角色，分別代表著不同層面的女性。而從象徵性主義的意涵來說，她們探險的並不是洞窟，而是女性至高無上的肉體。」

聽到詹祐儒這麼說，林亞嵐白了白眼，嘴巴張得大大的「啊？」了一聲。

這是哪那壺不開提哪壺啊？什麼女性主義？什麼探險的不是洞窟，是女性的肉體？

不過有這樣反應的人只有亞嵐一個，一旁的曉潔彷彿完全沒在聽，至於其他人則是一臉欽佩，並且用力點著頭附和著詹祐儒的影評。

「你們想想，」詹祐儒接著說：「全世界有那麼多刺激的地方，為什麼偏偏要挑選洞窟？這完全是為了象徵性地去描繪女性所做的安排，相信導演特別選擇洞窟，就是為了凸顯女性肉體的神祕與美。而這些女性在探索洞窟的過程中，其實就是一種在探索性與生命的意涵，最明顯的例子就是，大家還記不記得影片裡面那位最男性化的女性？她其實就是男性的一種表徵，對於洞窟之美與神祕完全不屑一顧，只想尋求刺激，就跟普羅眾生的男性們沒有兩樣，但最後的下場呢？有時候，看電影不能只看表面，而是需要深入去看象徵的意涵以及背後所隱藏的脈絡，這樣才算是真的好好看了一場電影，不是嗎？」

聽到詹祐儒一連串地說完自以為是的影評，亞嵐甚至不知道自己聽了什麼，腦袋還一片空白之際，只聽見其他人又是拍手叫好，又是一片讚揚。

「不知道，」獲得滿堂采的詹祐儒，一臉得意地看著亞嵐與曉潔挑了挑眉說：「大家還有什麼疑問？如果要我解釋得更詳細，歡迎現在來跟我聊聊。」

此話一出就像是賽跑裁判的鳴槍般，所有位置上的女社員全部一擁而上，朝著詹祐儒簇擁過去。

聽著詹祐儒的「專業影評」，加上他獲得滿堂采之後那一臉得意地朝兩人挑了挑眉，讓亞嵐與曉潔兩人的白眼都快要翻到後腦勺了。

眼看詹祐儒正被那些一擁而上的女社員們團團包圍，曉潔與亞嵐趁著這個時候，離開了社辦，雖然兩人非常不願意接受這個事實，但是詹祐儒看起來真的就好像在中文系的時候一樣，成為這個社團新的救世主，只是就目前看起來，他拯救的多半是女社員們孤獨的靈魂……

3

在這所大學男子宿舍其中一個被封閉的樓層之中，留有四十九個地縛靈。

在親眼看到這景象之後，曉潔非常確定，這四十九個地縛靈，就是阿吉當年說自己第一次對付的四十九個地縛靈。

當然這點也已經得到學校教官的親口證實，當年那個解決地縛靈問題的學生，真的就是阿吉。

然而在知道了這點後，卻更加深了曉潔的疑惑，尤其是在聽到教官述說當年的事情之後，更是有許多不解的疑問浮現在曉潔心中。

首先最大的疑問就是在這四十九個地縛靈身上，曉潔還記得當初阿吉跟自己說過關於這段回憶的事情。

「那時候我才十八歲，記得在那之前不久我才剛去考過駕照而已。」阿吉瞇著眼睛說：「不過我對地縛靈的熟悉，跟一般剛出道的道士完全不可同日而語。這當然也是拜我師父所賜，我見過的地縛靈，沒有一百也有五十。但是當我自己一個人獨自遇到地縛靈的時候，那情況還真是嚇了我一跳。」

曉潔聽了瞪大雙眼，看著阿吉，期待他繼續說下去。

「嚴格說起來，」阿吉笑著說：「我並沒有遇到所謂的『人生第一個地縛靈』，因為我的第一次，就是遇到滿滿七七四十九個地縛靈。我不是亂講的，如果同樣的狀況是別人遇到啊……嘿嘿，屁滾尿流，沒蓋妳。」

「喔？」曉潔問：「為什麼會有那麼多？一次嗎？」

「嗯，」阿吉點了點頭說：「當然不可能沒有原因，在某些情況之下，鬼魂與鬼魂之間也會產生某些連結，這種情況就叫做『共靈』，在之後的口訣妳會學到，總之，我就是遇到了，人生第一次四十九個地縛靈。」

「所以你有解決嗎？那四十九個地縛靈。」

「沒解決……」阿吉白了曉潔一眼：「我還能在這邊跟妳說話嗎？」

從當時阿吉跟曉潔所說的話裡面，跟現在曉潔所知道的情況做連結，就有很多地方讓曉潔完全想不明白。

首先雖然不是很明確，但是阿吉的意思也很明白地表明，他已經「解決」了這四十九個地縛靈，可是這四十九個地縛靈卻還是在那裡，這跟曉潔所認知的解決有段差距。

就曉潔親眼在五樓所看到的情況，雖然可以看得出來，那剩下的四十幾個地縛靈都還在那邊，可是狀況卻不是很穩定，至少已經有三個不見蹤影，而且從林冠修的情況看起來，情況確實已經有可能會危害到其他學生。

在學會了口訣，又親眼看到阿吉在J女中與全鍾馗派為敵之後，曉潔非常清楚阿吉的功力雖然可能不及他的師父呂偉道長，但是要對抗這些地縛靈，應該不成問題才對。

既然這樣的話，為什麼要把這四十九個地縛靈留在那裡？

另外一個問題就是阿吉提到的「共靈」現象，曉潔記得在口訣中也有提到。靈共生而力相乘，謂之共靈。

也就是說，一旦產生了共靈的現象，會讓這些鬼魂的力量更加強大，因此如果真的要解決這四十九個地縛靈的話，第一件要做的事情就是破除「共靈」現象。

但是阿吉卻沒有這麼做，反而讓它們以共靈的現象，繼續待在原地。

這怎麼想都沒有道理，至少就曉潔的理解這並不合理。

當然，最後一個最讓曉潔不解，甚至感覺到不安的，就是教官最後告訴曉潔的事情。

據教官所說，當年阿吉前往五樓對付地縛靈時，沒帶什麼東西，但是出來的時候，卻拿著一個鍾馗戲偶，而且是尊染血的鍾馗戲偶。

鍾馗戲偶一般來說，就是為了跳鍾馗而存在，對被世人稱為鍾馗派的道士們來說，這是他們最重要的一個法器。

而在保養與使用這個法器的第一個，也是最重要的規則就是，絕對不能沾到血。

對鍾馗派的道士而言，鍾馗戲偶所代表的，正是祖師鍾馗，身分是伏魔聖君。然而在民間信仰之中，鍾馗還有另外一個身分，就是鬼王鍾馗。

因此一旦鍾馗戲偶染血，這時它的身分便會從降妖伏魔的伏魔聖君，轉變成為統率眾鬼的鬼王鍾馗。

因此身為鍾馗派的道士，最忌諱的就是讓自己的鍾馗戲偶染血，畢竟那正是墮入魔道的單行道。

因此那個鍾馗戲偶絕對不是阿吉所有，甚至不是阿吉帶進去使用之後染血的。

那麼那個染血的鍾馗戲偶到底是誰的？

難道說阿吉在Ｊ女中之前，就已經遇過墮入魔道的鍾馗派道士了？

如果是這樣的話，為什麼阿吉從來不曾提起過？

無數的問題浮現在曉潔的心中，但是不管哪個問題，曉潔都沒有辦法找到答案。

不過這些問題的解答尚在其次，對曉潔來說，目前真正比較大的問題還是那些殘留在男生宿舍五樓的地縛靈。

尤其是目前只剩下四十六個地縛靈，表示有三個已經不見了，這三個不見的地縛靈，很有可能跟纏上林冠修的地縛靈一樣，不知道纏上了誰。

依照縛靈的特性，這三個消失的縛靈，很有可能是纏上了某個人，或者是依附著某個物品。曉潔知道應該要快點找到這三個消失的縛靈。

畢竟，就曉潔的判斷，會讓那四十九個縛靈待在五樓一定是有原因的，雖然一時間還不能了解阿吉的意圖，以及那染血鍾馗戲偶的意義，但是曉潔有種不妙的預感，她感覺如果不快點找到那失蹤的三個地縛靈的話，情況可能會變得一發不可收拾。

對於道行夠的鍾馗派法師來說，在一定的條件之下，要辨識出被這些縛靈纏身的人並不算太難，就好像當初阿吉一眼就看得出曉潔被纏身一樣。

問題在於曉潔此刻的道行，並不像阿吉那麼高，加上當時的曉潔與阿吉算是相當常碰面，能夠多觀察幾天也比較容易確定情況，如果說是路上擦肩而過的行人，要辨識出來並沒有那麼容易，恐怕就連阿吉都沒辦法那麼輕易就可以找到，更遑論曉潔。

加上如果想要確認，就需要做一些實驗，在就讀這所大學超過一千名以上的學生中，要找到兩三個可能被地縛靈纏住的學生，那機率雖然不像大海裡撈針一樣渺茫，但是低於百分之零點三的機率實在也不能算是高。

然而即便機率再低，曉潔也只能硬著頭皮試試看，盡快找到那三個縛靈。

不過情況倒也不是完全不樂觀，對曉潔來說，最大的幫助就是鄧孟邦教官。

鄧教官正是那個當年目睹阿吉解決事件的教官，因此他非常願意協助曉潔找到這些失蹤的地縛靈。

而曉潔所能做的就是在校園各地，設下一些可以用來偵測靈體的機關。

離開社辦的曉潔與亞嵐，在夜色逐漸昏暗，校園裡面往來的學生逐漸疏少之際，前往那些曉潔設下機關的地方。

這些機關分布在校園的角落，由於沒有半點目標，所以曉潔盡可能照著口訣中關於縛靈的特性，專門挑一些比較少人經過，或者是陽光比較照射不到的角落設下機關。

「真是太讓人難以相信了，」在前往那些地點的路上，林亞嵐抱怨道：「他們兩個竟然就這樣硬是要加入社團，真是莫名其妙。然後我們那個社長也真是毫無抵抗力，就跟我們系上的那些女生一樣，一看就著迷，真是讓人受不了。」

「我還是不懂他到底有什麼魅力……」曉潔完全不能理解。

「對啊，」林亞嵐白著眼說：「不過就只是臉蛋帥了點，身材好了點，上過電視、出過小說，愛出風頭、愛表現……」

「嘟嘟妳到底是在損他，」曉潔笑著說：「還是在稱讚他啊？」

「哎呀，」亞嵐白了曉潔一眼：「妳竟然這樣吐槽我，我話還沒說完啊，她們真正應該看的是在後山湖邊的那次，打個腳底在那邊說什麼我反對暴力，然後只顧著自己逃命。」

「妳知道，」曉潔笑著說：「那件事情對很多人來說是他一手解決的，為了拯救我們兩個無知又懦弱的學妹。」

「屁！」亞嵐氣呼呼地說：「妳就不願意跟大家說真相啊，才讓他又找到機會好在那邊欺騙社會。」

「別再提他了，」曉潔安慰著亞嵐說：「一講到他就一肚子火，不如別提了。」

「那當然，」亞嵐扁著嘴說：「結果因為他打斷的關係，害我都沒有聽到妳對電影的評價，怎麼樣？這部電影有沒有什麼是妳這個真正的專業人士，可以點評的地方啊。」

「點評啊，」曉潔收起笑容，攤了攤手學起詹祐儒說：「關於這部電影，非常明顯就是一部女性主義的電影……」

「夠了！」亞嵐抱著頭說：「什麼狗屁女性主義，恐怖電影耶！還什麼洞窟就是女性至高無上的肉體，我還《至尊無上》咧。話說，那傢伙在鬼扯的時候，妳不是沒在聽嗎？」

「我也不想聽啊，」曉潔搖搖頭說：「可是耳朵沒有開關啊，話說妳希望從我這邊得到什麼點評？電影明明就只是一群穴居人，妳覺得是道士可以應付得來的嗎？」

「也是，」亞嵐側著頭說：「不過，妳還記得在後山湖邊對付他們那一對情侶嗎？不知道為什麼，我覺得當時的他們兩個比那些穴居人還要恐怖。還有電影裡面的道士，不是拳腳功夫都不錯嗎？對了，曉潔，除了後山湖邊的那兩個，妳還有遇過其他被鬼上身的人嗎？」

聽到亞嵐這麼問，曉潔的臉瞬間沉了下來，因為曉潔腦海裡面浮現的是高中的一位同學。

被狂靈附身的她不但傷害了他人，到最後甚至還被丟進療養院之中，一直到現在都還沒有出院。

「有，」曉潔沉著臉回答：「不過那是一段不堪回首的回憶。」

「抱歉，」亞嵐看到曉潔突然低落的情緒，臉上略顯歉意地說：「勾起妳不好的回憶。不過不需要到附身，就好像我們剛剛看的電影一樣，即便是那麼好的朋友，到了那種時刻，往往也都是只顧自己的性命。如果要說恐怖片讓我了解到什麼，最基本的就是人心有時候比什麼妖魔鬼怪都還要恐怖。所以至少曉潔妳沒有遇過那種本來是好朋友，後來卻變成一定要搞得你死我活的場面吧？」

被亞嵐這麼一說，曉潔腦海裡面立刻浮現出阿畢的臉，尤其是在Ｊ女中時，阿畢與阿吉兩人之間對決的畫面，更是這一兩年以來，曉潔只要想到都會覺得難過甚至痛苦的影像。

「不會吧……」亞嵐看到曉潔的臉色，難以置信地問道：「妳不會真的也有這樣的過去吧？」

「有，」曉潔一臉無奈地說：「那更是一段不堪回首的記憶啊。我們還是聊回我那個討人厭的學長吧！至少可以輕鬆一點。」

「哈，」亞嵐現學現賣地笑著說：「曉潔妳到底是在損他，還是在稱讚他啊？」

兩人就這樣一邊妳一言我一語地聊著，一邊一個接著一個巡視著那些設置有機關的地方。

曉潔利用口訣裡面所說的方法，用一個玻璃杯，裡面盛著水，然後在水裡注入一些香油，這是最陽春的測試，但也是最廣泛的。

正常的情況來說，香油會浮在水面上，但是香油會吸靈氣，一旦有什麼靈體經過，香油就會吸收那些靈氣，導致本身的重量增加，因而沉入水中。

鍾馗派的道士可以透過觀察這些香油在水裡的深度與形狀，簡單判斷出經過的靈體大略是什麼種類。

這便是鍾馗派口訣之中所謂的「杯水浮油」。

兩人來到了其中一棟校舍西方角落的一間廁所，這間廁所由於地處偏僻，所以鮮少有人使用，曉潔將其中一杯水就放在這間廁所最深處的一個隔間之中。

兩人來到這間廁所，確定都沒有其他同學之後，曉潔將放置於儲水箱上的水杯小心地拿下來。

水杯裡面原本應該是油水分離的模樣，此刻卻有了一點不太一樣的情況。

只見浮在水面的油彷彿是龍捲風的形狀，形成了一條漩渦向杯子底部延伸。

「真的不一樣了！」看到水杯裡面的水呈現這個樣子，連一旁的亞嵐也驚訝地叫了出來：「所以我們找到了其中一個了？」

曉潔皺著眉頭，仔細看了看水杯，然後緩緩地搖搖頭。

「不是？」亞嵐一臉狐疑：「所以這算正常嗎？」

曉潔抿著嘴，沒有多回應，想了一下之後，將水杯小心地拿給了一旁的亞嵐。

「幫我拿一下。」

亞嵐接過水杯，曉潔拿出了手機，對準水杯按下了拍照快門。

在確定拍下水杯裡面油水的情況之後，曉潔將水杯裡面的油水倒掉，重新裝好了一杯油水，然後再將它放回原位，這樣就算是看完了一個點。

接著兩人就這樣陸續去了其他地方，同樣也是拍完照之後，將水杯換上新的油水，然後放回原位。

一連走了幾個點，看過幾杯水之後，竟然只有一杯維持著原本油水分離的情況，而且更讓亞嵐驚訝的是，每一杯的情況竟然都不太一樣。

有的杯子裡面的油直接沉到最底，反而變成了水浮在油上面，有的杯子裡面的油好像下雨一樣，一條一條地垂至杯底，有的杯子裡面的油甚至還變了顏色，變成了綠色中帶點顆粒的樣子。

對沒有背過口訣，甚至壓根兒不知道「杯水浮油」變化的亞嵐來說，這樣的反應還算是正常，然而不只有亞嵐，就連曉潔也是一臉訝異與不解的表情。

看著這些杯水浮油的變化，曉潔心中只有一個想法。

這到底是怎麼一回事啊？

曉潔一連看了幾個機關，臉色卻越來越沉重。

雖然這是曉潔第一次使用「杯水浮油」，不過就理論上來說，曉潔都非常清楚每個變化背後代表的意義，問題是現在越看反而讓曉潔越混亂，當初設下這些機關，是為了找尋那些失蹤的地縛靈蹤跡，但是……從這些反應看起來，根本沒有一個是地縛靈的反應啊！

兩人在巡視完之後，在附近找了間飲料店坐了下來，曉潔看了看手機裡面剛剛拍下來的照片，還是不明白現在到底是什麼狀況。

一旁的亞嵐完全不知道曉潔為什麼看了這些之後，臉色會這麼沉重，所以在旁邊等待著曉潔的解釋。

曉潔將情況告訴了亞嵐，亞嵐聽了之後愣了一會才笑著說：「還真的是留心處處是鬼魂啊！」

「妳還笑得出來啊？」曉潔不解：「妳沒聽懂我剛剛說的嗎？這代表我們校園的各個角落，都有可能充斥著各種鬼魂啊。」

「我知道啊，」亞嵐理所當然地學起當下的流行語說：「拜託，我們是C大學耶，來C大學讀書就是要見鬼啊，不然要幹嘛？哈哈哈。」

曉潔一臉難以置信地瞪著亞嵐，雖然她知道這小妞的腦袋有時候怪怪的，但是怪到這種程度，也實在超過了曉潔所能接受的程度。

「曉潔妳該不會不知道吧？」亞嵐看到曉潔的反應，一臉狐疑地說：「我們C大學是全台灣最有名、鬧鬼最凶的大學啊！」

「啊？」

「拜託，」亞嵐白著眼搖搖頭說：「光是我們學校的鬼故事，如果出成靈異小說，說不定十本都還寫不完咧。」

這點曉潔真的完全不知道，畢竟誰會沒事去調查哪間大學鬧鬼鬧最凶啊？

「就連我們學校附近，」亞嵐懶洋洋地比了比附近說：「那些山路也都有許多靈異傳說啊，對我們這些靈異愛好者來說，這間學校與周邊幾乎可以算是朝聖之地了。」

看著曉潔一臉茫然，亞嵐得意地笑著說：「嘿嘿，這個可就沒有寫進你們的口訣裡了吧？這就叫做讀萬卷書，不如行萬里路啊！」

難得在這個地方有過「潔」之處，讓亞嵐感覺到愉快。

經過一段時間的相處之後，亞嵐也知道曉潔他們門派有所謂的口訣，這些口訣就是他們最重要的東西，曉潔也是拜這些口訣之賜，才會即便沒有多少實務經驗，卻可以看起來好像什麼都會一樣。

「所以妳該不會也是為了這個……來讀這所學校吧？」

「不能說為了這個啦，」亞嵐揮了揮手說：「不過絕對有加分作用。不過倒是妳，我一直都以為妳會故意來念這所學校，是為了試試看自己的道行耶。」

「啊？」曉潔一臉莫名其妙地說：「誰會那麼無聊啊？這真的很白癡耶。」

曉潔用這句話總結了兩人之間的討論，只是她做夢也沒想到，真的就是有人那麼無聊又白癡。

4

在么洞八廟的辦公室裡面，曉潔張大了嘴，愣了好一會。

「阿賀你剛剛說什麼？再說一次。」曉潔不敢相信自己的耳朵剛剛所聽到的話。

「當年阿吉就是為了試試看自己的道行，」阿賀一臉理所當然地說：「看自己是不是真的可以出師了，才會特別跑去讀C大學啊。」

……還真的有這種白癡啊。曉潔內心無言到了極點。

「這真的不會有點……嗎？」雖然心中早就已經這麼想，但是對外曉潔終究還是要幫阿吉保留一點顏面，無法大剌剌地把「白癡」這兩個字直接貼在阿吉的額頭上。

阿賀攤了攤手，一臉「妳說呢？那是阿吉耶」的表情。

在與亞嵐告別之後，曉潔回到廟裡來，想到了在廟裡面工作的阿賀，是小時候跟阿吉一起在這間廟前遊玩的玩伴，比阿吉小個幾歲，雖然後來因為阿吉成為了呂偉道長的弟子而與這群玩伴比較疏遠，不過長大後在廟裡缺人的時候，阿賀前來應徵，阿吉還是一眼就認出他來，自此阿賀就一直在廟裡幫忙。就某個程度上來說，阿賀說不定比曉潔還要更了解阿吉，甚至更清楚阿吉的過去。

所以曉潔才把阿賀找來，希望可以了解一下阿吉在大學時代是不是有發生過什麼事情，又或者可以問到一些關於那四十幾個地縛靈的事情。

豈料阿賀才開口說一句話，就讓曉潔的一張嘴合不起來。

想不到阿吉真的跟亞嵐說的一樣，竟然真的會想要試試看自己的道行，才特別跑去讀C大學。

不但如此，照阿賀的說法，為了想要徹底試試看自己的能耐，阿吉不但跑去了C大學，甚至還住宿四年，就是想要脫離自己的師父呂偉道長，自己一個人面對這一切。

還真是白癡到了極點。

曉潔想不到自己竟然為了多加了解這傢伙，還特別跑去跟他讀同一所學校，這還真的是自作孽，不可活啊。

「那麼，」曉潔問阿賀：「當時他有沒有提到他在學校遇過什麼事情？有沒有遇到什麼解決不了的事情，或者是找到什麼染血的戲偶……」

阿賀側著頭想了一會，然後搖搖頭說：「沒有，妳知道阿吉不太喜歡跟人家講這種事情，如果妳要問的是那幾年他去過哪些夜店啦？或者是說哪裡的妹比較正？這些可能有啦，不過如果是跟道士、作法有關的事情，他從來不會跟我們說，頂多只會跟他師父講，甚至有時候我看他連呂偉道長也不說。」

「誰會想知道那種事情啦！」曉潔拍桌叫道。

阿賀被曉潔的反應嚇到，一臉倒楣到了極點的模樣，有種明明就是阿吉的事，但倒楣的卻是自己的感覺。

「如果，」阿賀皺著眉頭說：「妳是降妖伏魔之類的事情有問題，我覺得妳還是去問一下其他道士會比較快，比起問我阿吉當年有沒有提過，我覺得去問別人會比較妥當一點。」

聽到阿賀這麼說，曉潔無力地趴在桌上。

畢竟幾乎大半的鍾馗派道士，都在一兩年前的那起Ｊ女中事件之中，跟著他們的陰謀一起丟了自己的性命，現在哪裡還有其他鍾馗派道士啊？

「上哪裡找啊？」曉潔趴在桌上說：「你又不是不知道當時在我學校的那件事情……」

「雖然是這麼說，」阿賀皺著眉頭說：「但是應該還是有些人沒去你們學校吧？你們門派裡面那麼多人，不可能每個人都有去吧？舉個例子，如果當時陳伯活著，我就不相信他會去。」

阿賀這麼說是沒錯，不過就當時與會人士說的話聽起來，似乎不同意他們作法的人，多半都像南派頑固老高與陳伯那樣，被他們殺害了，哪裡還會有人……

「除此之外，」阿賀接著說：「我記得這幾年應該也有一些弟子被他們逐出師門，那些人說不定也可以解答妳的疑惑。」

「會被逐出師門的那些人，」曉潔無力地說：「不都是因為心術不正之類的嗎？」

「真的？」阿賀一臉不以為然地說：「妳真的相信那些全部聚集在一起，就只為了逼阿吉交出口訣的人，他們自己的心術又有多正？」

阿賀的話讓曉潔一懍，整個人瞪大雙眼看著阿賀，就好像武俠小說裡面所形容「打通了任督二脈」的感覺，不過過了一會，曉潔的臉又沉了下來。

「就算你說的有道理，」曉潔一臉挫敗地說：「我又不認識那些人，不要說那些被逐出師門的人，就算是在鍾馗派裡比較活躍的人，我認識的也沒幾個，而且現在要我上哪去找那些人？」

「我記得……」阿賀說：「當年呂偉道長還在的時候，各派之間其實都會傳真一些訊息，哪一派新收了什麼弟子啦，或者是將誰逐出師門這種，好像都會傳真過來，那些我記得何嬤都有收起來，找一下應該都可以找得到。」

「真的嗎？」曉潔驚訝地問。

「對啊，」阿賀點了點頭說：「雖然那些傳真應該只有名字，不會有聯絡方式，不過我在這裡那麼多年了，每次召開什麼大會之類的，我跟其他廟的工作人員也有點接觸，那些人雖然在那起事件之後都離開廟裡了，不過有幾個人我還聯絡得到，我想應該不至於一個人都找不到。」

想不到阿賀竟然那麼厲害，這完全出乎曉潔的意料之外，曉潔站起身來，張大了嘴看著阿賀，半天說不出話來。

「妳可以說出口，」阿賀笑著說：「『阿賀你好厲害，我剛剛還對你拍桌大叫，實在是我的不對，請你接受我最真誠的道歉』之類的。」

「不要得寸進尺，」曉潔白了阿賀一眼說：「不過我可以為我剛剛拍桌大叫的事情道歉。」

「真沒誠意，」阿賀一臉得理不饒人的臉說：「道歉還給人白眼，真的是厚……」

「阿賀！」

「好！好！我馬上去！」阿賀說完趕忙逃出辦公室。

曉潔無奈地搖搖頭，這時手機突然響了起來，看著手機上面的來電顯示，曉潔皺起了眉頭。

接起電話，果然打來的是一個曉潔沒有想到的人。

「喂？曉潔嗎？」電話裡面傳來熟悉的女子聲音：「是我，我是唐奕竹。」

唐奕竹是過去Ｊ女中普二甲的同學之一，個子小小的，笑起來的時候臉頰兩旁有著兩個甜美的酒窩，聽到了她的聲音，唐奕竹那可愛的臉龐也浮現在曉潔的腦海之中。

「喂？唐唐，好久不見了，大學生活還好嗎？」

曉潔還記得唐奕竹不是很喜歡自己名字的讀音，唸起來很像台灣國語的「一直」，也很像「鬱卒」，又不喜歡人家叫她小竹，因為曾有人聽錯成「小豬」，因此希望大家叫她「唐唐」。

雖然接到舊同學的來電，曉潔心中有點喜悅，但是由於自己在離開學校的時候，曾經告訴過她們，如果未來遇到什麼詭異的事情，歡迎她們隨時打電話給自己。想不到這反而變成了一種壓力，導致一接到這些同學的電話，都會讓曉潔擔心她們會不會又遇到了什麼不好的事情。

「還可以，」電話中的唐奕竹有點欲言又止的感覺：「那個……曉潔妳還記得，畢業那天，妳把我們大家集中到體育館的事情嗎？」

聽到唐奕竹這麼說，曉潔沉重地閉上了雙眼，果然當時的影響，將會跟著這些同學一輩子。

「記得，妳有遇到什麼詭異的事情嗎？」曉潔說。

「嗯……」唐奕竹沉吟了一會之後說：「我也不太清楚，不過我有點困擾，所以想要聽聽看妳的意見。」

「嗯，沒問題。」曉潔坐了下來：「只要妳覺得有點疑惑，歡迎妳隨時來找我。這就是我當初說的。」

「謝謝。」

「那麼，就把妳遇到的事情告訴我吧。」坐在椅子上的曉潔淡淡地說。

第2章・留心處處是鬼魂

1

「我想我真的快要瘋了，」電話中的唐奕竹聲音流露出一股絕望的氣息：「我已經快要分不清現實跟虛幻了。」

就這樣，唐奕竹透過電話將自己親身的遭遇告訴了曉潔。

高中畢業之後，唐奕竹考上了一所中部的大學。

由於家裡管得比較嚴的關係，因此離開台北到中南部念大學，一直是唐奕竹的夢想。

在確定自己順利進入中部大學之後，唐奕竹也真的開心了好一陣子。

開學之後，唐奕竹也跟其他人沒什麼兩樣，摸索與享受著這個全新的環境與嶄新的世界。

當年在高二時發生的那起恐怖事件，在經過了一兩年的光陰，加上脫離了那間學校，對唐奕竹的影響也逐漸消失。

與曉潔相同的是，她們都希望過去發生的事情，不過就只是人生中一段不愉快的經歷，未來將永遠不會再發生類似的事情。

說穿了，那將永遠只是一道陰影，一道不會遮蔽未來任何道路的陰影。

結果就是，在毫無心理預期與準備的情況之下，唐奕竹發現了一件很詭異的事情，讓自己的生命又再度籠罩在過去那道陰影之中。

或許是一切都太過於新鮮，不管是學校的氣氛還是課堂上的內容，讓唐奕竹很快就沉浸在大學的生活之中。

所有大學生可以做的事情，她都盡可能地去參與，又是社團，又是交際聯誼，又是打工的，導致等到她回過神來時，自己的時間幾乎都排得滿滿的。

雖然心中還是充滿了熱血與活力，想要竭盡所能地活出一個精采的大學人生，可是身體終究還是肉做的，過度充實的生活換來的就是在課堂上不斷地打瞌睡。

就是在這樣的情況之下，唐奕竹發現了那個詭異的同學。

唐奕竹從課堂上驚醒過來，心虛的她立刻稍微看了一下四周的同學，在確定一切正常之後，心情才逐漸平緩下來。

而就在她看了一下四周圍時，她看到了一位陌生的同學。

說是陌生，不知道為什麼，唐奕竹卻又覺得自己似乎曾經看過她，不過感覺還是很陌生。

一開始唐奕竹一點也不以為意，畢竟現在才剛開學，班上的同學根本還沒有完全熟絡，因此就算有幾張比較陌生的臉孔，似乎也沒什麼好大驚小怪的。

即便如此，唐奕竹還是多看了那個女同學幾眼。

不知道是不是因為化妝的關係，雖然唐奕竹也不確定那女同學有沒有化妝，可是看起來那女同學的皮膚非常、非常白，甚至可以用慘白來形容，或許就是因為這樣，才會讓唐奕竹在驚醒過來時，打量同學反應的時候特別注意到她。

當然除了那位女同學有著特別白皙的皮膚之外，還有另外一點讓她感覺到奇怪的地方是，女同學坐的位置是在教室前面算起來第二排，而那個位置在剛開始上課的時候，唐奕竹有印象是空著的。所以這位同學應該是上課之後，甚至是唐奕竹開始打瞌睡之後，才進教室的。

雖然說上課遲到晚進教室在大學算是常有的事，但是一般來說，晚到的同學都會選擇教室後面的空位，很少像這樣坐在那麼前面的位子，除非是因為有同學幫她佔了位子，或是後面已經沒有空位了。

問題就在於她周圍根本就沒有同學，後面幾排也不是完全沒有空位了，會在遲到進教室之後，還挑選那麼前面的位子，吸引了唐奕竹的目光。

不過這些唐奕竹只覺得奇怪，並沒有特別在意。

為了方便起見，唐奕竹在跟曉潔解說的時候，幫這個女同學取名為「小白」，這當然也是因為一直到現在為止，唐奕竹連小白到底叫什麼，甚至於是不是自己班上的同學都不知道。

這也正是唐奕竹非常苦惱的問題之一。

在那堂課注意到小白之後，接下來的日子，小白就好像唐奕竹暗戀的對象一樣，總是會在不經意的時刻，出現在課堂教室的角落，每次當唐奕竹看到小白，內心都有種悸動，然而卻完全不是戀愛的那種，而是有種說不出的恐懼感。

她從來不曾見過小白在上課前就出現在位子上，她總是會在課堂上到一半的時候，「突然」出現在某個座位上。

這點已經讓唐奕竹非常困擾了，但更讓她困擾的地方是，她甚至連下課都沒看過小白離開教室的樣子。

如果是連續兩堂課中間的下課時間，小白會靜靜地坐在位子上，從來沒跟任何人交談過，更沒有離開過位子。如果是一堂課結束的那節下課，小白總是會在老師宣布下課之前，唐奕竹沒有注意到的情況下，就這麼默默地消失在自己的位子上。

換句話說，不管是出現還是消失，唐奕竹都不曾親眼見過小白是怎麼離開或者是怎麼進來教室的。

當唐奕竹意識到這點的時候，她開始對小白這個同學感覺到一絲絲的恐懼。

而當這樣的感覺深植入唐奕竹的心裡之後，這位被稱為小白同學的存在，反而變成了一種越來越難以理解的事情。

一開始雖然感覺到恐懼，但是唐奕竹還是試圖想要一一破除那些心理障礙。

唐奕竹心想，如果可以知道小白的姓名，甚至是找到一個認識小白的同學，或許心情上會安定一點。

當然唐奕竹沒有大剌剌地見到人就問，你知不知道班上有個這樣的同學？一方面是因為才剛開學一個多月，大家彼此都還不夠熟悉，就算問了恐怕同學也不知道那個人是誰，根本就沒有意義，另外一方面逢人便問這個怪問題，先別說其他人會不會覺得那個同學奇怪，光是這樣見人就問，唐奕竹自己可能就被人家貼上奇怪的標籤了。

因此唐奕竹只能稍微試探一下，趁著下課的時候，看看有沒有同學認識她，或者是有沒有見過像她這樣永遠都不知道怎麼進出教室的同學。

可是越試探下去，唐奕竹的內心就越來越恐懼。

因為得到的答案都是些奇怪的表情，或者是完全不知道唐奕竹在說什麼的臉色。每每得到類似這樣的答案，唐奕竹的內心就會一沉，有種會不會真的只有自己看得到她的錯覺。

對其他人來說，這樣的想法或許沒什麼，甚至可以一笑置之，但是對於那些經歷過J女高普二甲事件的同學們來說，每次有這樣的想法，都會連帶勾出許多不好的回憶。

為了不讓自己真的為了一個同學到底存不存在而崩潰，唐奕竹選擇不再理會。

可是這就跟遇到危難的時候，明明大家都知道要冷靜，但就是沒辦法冷靜一樣，越是不想要理會就越會注意到她的存在。

上課上到一半，她就這樣突然出現在前面的位子上，每次下課之前，想要好好盯著她，看她到底是怎麼離開教室的，但卻總會在不經意的時候被她溜走。

這樣的情況深深困擾著唐奕竹，甚至到了連唐奕竹自己都驚訝的地步。

今天，疲累的她就這樣在教室裡面打起了瞌睡，然後頭一點驚醒過來之後，果然又看到了小白突然出現在原本空著的位子上。

唐奕竹內心一懍，不過這樣的情況已經逐漸習慣了，因此她立刻將視線轉到別的同學身上，畢竟將視線轉開，才能讓她的心情稍微平復一點。

這一轉，唐奕竹身子緊緊繃緊，只見視線所及的地方，原本應該是其他同學，此刻卻全部都變成了小白，不僅如此，就連在課堂上前面講課的老師也變成了小白。

他們全部都轉過來看著唐奕竹，嘴角紛紛露出一抹恐怖又詭異的微笑。

唐奕竹嚇到，猛然站起來，想要逃出教室，並且從喉嚨深處發出了恐懼萬分的尖叫聲。

這一叫，彷彿連時間都被叫停了。

在這被尖叫聲靜止的教室之中，所有同學與台前的老師都彷彿被定格了，紛紛看向唐奕竹。

他們各自有著一張屬於自己的臉孔，並不是像剛剛唐奕竹所看到的那樣，全部都是小白。

愣愣地看著他們，唐奕竹還有點驚魂未定，過了一會才勉強拼湊出一個解釋。

剛剛的是……夢？

那個全部都是小白的教室，其實只是自己的一場夢？

這麼想的同時，唐奕竹不自覺地將眼光移到夢境中小白所坐的位子上。

小白就坐在那裡，唯一不同的是，她並沒有像其他人一樣轉過身來面對唐奕竹。

從可以見到的側臉看起來，小白嘴邊掛著的，正是在夢中那些小白們臉上那抹恐怖又詭異的微笑。

授課的老師是個看起來年紀很輕的男老師，看到這情況，只能一臉哀怨地問：「我上的課真的那麼恐怖嗎？」

全班頓時響起了哄堂的笑聲，就在這股笑聲之中，唐奕竹羞愧地逃出教室，跑到廁所，一直到下課等同學都離開之後，才敢回到教室去拿自己的東西。

這是發生在同一天上午的事情，在經過了下午的沉澱之後，她決定在自己真的快要瘋掉之前，打電話給過去曾經跟自己有過相同經歷，又讓她非常信任的曉潔。

當然如果唐奕竹是讀台北的學校，那麼曉潔幾乎馬上就可以趕過去看明白，只要挑一節沒有課的時間去看就可以了。

問題就在於，唐奕竹就讀的是中部的大學，交通方面就需要耗上一些時間，加上一年級的課都比較滿，就算曉潔剛好找到空堂，趕下去說不定也來不及。

所以在唐奕竹跟曉潔說完了自己的遭遇之後，曉潔只能安慰她一下，要她先不要多想，就以平常心來面對，她需要消化一下剛剛她說的話，如果有什麼想法的話，會再打電話跟她說。

當然為了心安，曉潔也建議唐奕竹可以去廟裡拜拜，求個平安符放在身邊。

雖然曉潔覺得自己好像沒幫上什麼忙，但是掛電話之前，唐奕竹還是再三感謝曉潔願意聽她說這個荒唐的故事。

或許，她需要的就是一個宣洩的管道，一切真的只是她想太多而已。

至少，就曉潔來說，她倒是希望事情真的就是這麼單純。

2

曉潔的記憶力非常好，理解力也不差，這或許都是當時阿吉在感受到壓力的時候，會選擇將口訣傳授給曉潔的原因。

在從阿吉那邊學會口訣之後，曉潔也每天都照表操課，複習著一定的進度，讓這些口訣可以更加深深牢記在自己的腦海之中。

然而，雖然口訣都背熟了，裡面的意思幾乎也都理解了，但是在聽到唐奕竹的故事時，曉潔腦海還是一片空白。

不只有在聆聽唐奕竹的故事時候這樣，就連看到四十九個地縛靈時，曉潔的腦海也一片空白。

這讓曉潔深深明白，記住口訣是一回事，然而實際上要了解貫通，並且在有狀況時能夠順利在茫茫的口訣之中，快速找到相對應的部分，又是另外一回事。

至今曉潔能夠看到就想起口訣的部分，幾乎全部都是口訣裡面很明確就已經提到的狀況。

就好像當時在試膽大會上，聽到其他學長姐說林家恆學長在吃土的事情時，立刻聯想到了口訣裡面所說的鬼上身現象有提到「魔啖木、靈食屍、妖吃土」。

然而當面對到比較不明確的狀況時，就讓曉潔完全不知道該怎麼判斷。

簡單來說，就是還抓不到訣竅，就像一個新手實習醫生，面對各式各樣的臨床表現時，一時之間沒辦法快速找到正確的毛病一樣。

與阿吉不同的是，阿吉在學會口訣之後，便一直跟著呂偉道長，所以在口訣的運用上，有許多的經驗，加上旁邊還有一個老經驗的道長可以給予指導與意見，因此在判斷靈體方面，有了非常扎實的基本功。

但是這些曉潔通通沒有，因此即便聽完了唐奕竹的故事，曉潔還是沒辦法判斷出唐奕竹遇到的到底是什麼樣的情況。

這讓曉潔感受到了無比的挫敗。

當然一切還缺少非常有利的證據，證明唐奕竹所述的那個同學，真的是什麼妖魔鬼怪，甚至很有可能只是唐奕竹的反應過度，或者是杯弓蛇影之下，所產生的草木皆兵幻覺。

可是曉潔還是想要凡事先朝最壞的狀況做打算，既然自己已經承諾這些同學，曉潔就不希望只是安慰過唐奕竹就了事。

問題是即便曉潔非常願意相信這一切不是唐奕竹自己多心，並且專心聽完了整個故事的始末，曉潔還是不知道唐奕竹遇到的是什麼情況。

沒辦法像一般人遇到問題，需要翻書的時候就去圖書館好好把那些書籍堆起來，然後狠狠地研究一番。

曉潔能做的就是打坐，然後在腦袋裡面拚命回想那些口訣。然而在腦袋裡面翻書，比曉潔所想像的還要困難。

在睡前努力想了幾個小時，還是沒辦法清楚知道唐奕竹到底遇到的是什麼樣的情況。

不行，沒辦法，她需要一點其他的意見。

像這種時候，曉潔很慶幸自己有一個對這種東西很感興趣，而且又常常可以給一些超乎自己想像之外意見的好朋友——林亞嵐。

有些時候，曉潔甚至覺得亞嵐比自己更適合學這些口訣，前提當然是她的記憶力要夠好，可以記住這些口訣，不過就連亞嵐自己都說她的記憶力非常差了，這點是完全沒辦法強求的。

不過類似這種時候，如果可以把情況跟亞嵐聊聊的話，說不定反而可以讓曉潔更加了解與消化唐奕竹的情況。

因此在第二天，曉潔就約了亞嵐，放學後到附近的咖啡廳坐坐，只是她們要聊的可不是是非，而是一個遠在台中的同學，是不是真的有個只有她才看得見的同學。

咖啡廳在學校附近不遠處，生意在這校園附近的商圈來說，並不是很好，因此也有些同學喜歡選在這比較安靜的地方聚集聊天，讓它得以在這樣的激烈商圈之中勉強生存下來。

兩人才剛一起結伴離開校門口，曉潔的臉立刻垮了下來。

「怎麼啦？」注意到曉潔臉色的亞嵐問道。

曉潔側過頭用下巴努了努後面說：「那兩個鬼鬼祟祟的傢伙又出現了。」

聽到曉潔這麼說，亞嵐連頭都不用回也知道曉潔說的人是誰。

打從開學以來，被這兩人抽籤抽到了之後，曉潔跟亞嵐很容易在校園裡面撞見她們的直屬學長詹祐儒與蔡孟斌。

不管是下課還是在走出校門的時候，都常常會遇到他們，那也就算了，更絕的是常常當兩人回過頭，都可以看到他們的身影，而且兩人總是鬼鬼祟祟的，就好像跟蹤狂那樣，不過詹祐儒與蔡孟斌從來都不承認兩人在跟蹤曉潔與亞嵐。

「學妹，妳們會不會太自我感覺良好了？」有一次蔡孟斌甚至這樣對兩人說。

因此現在又遇到兩人在後面鬼鬼祟祟地跟著，曉潔連轉都懶得轉過去瞪了。無視兩人的存在，曉潔與亞嵐前往了咖啡廳。

在角落找了個位子坐下來，點完兩人的飲料之後，曉潔將前一天晚上唐奕竹的電話與故事告訴了亞嵐。

「不存在的同學，」亞嵐瞇著眼睛說：「又或者可以說是只有自己才看得到的同學，不管哪個題材都好誘人喔。」

看到亞嵐一臉很有興趣的表情，讓曉潔無奈地苦笑搖搖頭。

亞嵐是真心喜歡這些恐怖的題材，事實上，她可能是曉潔唯一認識如此熱愛恐怖片的人，而且是真正可以沉浸在恐怖片所打造的特殊娛樂氛圍之中的人。

當那些電影裡面的妖魔鬼怪開始追著可憐又無助的主角們時，亞嵐總是會雙眼睜大，好像在看一般動作片裡面的飛車場景一樣刺激，並且總是會指出那些角色在逃命的過程之中，犯了哪些愚蠢的錯誤。然而當恐怖片到達了高潮，那些妖魔鬼怪恐怖地現身，或者要對那些犯錯的無辜者降下它們恐怖又殘忍的制裁時，亞嵐卻又會摀著嘴，好像自己就在刀下面對那些恐怖的對象一樣，而等到場景變換回來時，亞嵐則會呼呼地喘著氣，彷彿經歷了一場浩劫，平安歸來的感覺。

有時候曉潔覺得，光是跟亞嵐一起看恐怖片，就非常能夠被她帶入那些氛圍之中，因此也可以算是一個不錯的享受。透過亞嵐的這些反應，曉潔也逐漸了解亞嵐會熱愛這些恐怖題材的原因了。

「嗯，」亞嵐點著頭說：「我嗅到了金錢的味道。」

「啊？」曉潔一臉困惑：「為什麼跟錢有關？」

「喔，」亞嵐笑著解釋：「只要我把可以寫成小說的題材告訴我哥，我哥都會給我一筆額外的零用錢當作獎勵，哈哈哈哈！」

看到亞嵐笑得開懷，曉潔也只能苦笑搖搖頭。

「除了錢的味道之外，」曉潔苦笑說：「妳有什麼想法嗎？」

「很多！」亞嵐點著頭說：「當然如果排除掉妳的同學是為了吸引別人注意力而說謊，或者是人家小白只是長得比較白，又比較沒有存在感，偏偏被妳同學注意到這點之外，其實這不就是很多恐怖故事的原點嗎？」

「喔？怎麼說？」

「簡單來說，」亞嵐用下巴比了比咖啡館的窗戶說：「如果那個窗戶旁邊走過一個人，妳會不會覺得很恐怖？」

曉潔看過去，剛好此刻就有幾個人從窗前走過，完全沒有半點可以聯想到恐怖的地方，因此對亞嵐搖搖頭。

「但是如果，」亞嵐接著說：「這裡是一〇一大樓的八十樓，窗外根本沒有地方可以『走』過去，是不是就很恐怖了？半夜樓上或隔壁傳來的聲響，如果妳事後知道根本沒有住人，是不是就很恐怖了？很多恐怖故事大概都是這樣，就是增加一兩個事實，整個氣氛就不對勁了。」

曉潔似懂非懂地點了點頭。

「所以，」亞嵐一臉正經地瞪著曉潔說：「我們有確認過我們周遭所有人都真的是活人嗎？路過的路人、班上的同學、樓下的鄰居又或者是現在跟我們一樣在這間咖啡廳裡面喝咖啡的客人……他們是不是活人呢？」

被亞嵐這麼一說，連曉潔都不自覺地打量起坐在附近的客人，然後轉回來白了亞嵐一眼說：「我想如果他們是鬼魂，我應該會察覺得到。」

「不！」亞嵐搖搖手指頭說：「或許你們可以透過味道或什麼奇怪的東西察覺到，但是一般人不可能像你們這樣，如果鬼魂它們不是滿臉是血或者動作緩慢地說『我死得好慘啊』，我們根本不可能知道。換句話說，如果那些妖魔鬼怪用一般人的模樣出現在我們面前，妳覺得有多少人可以透過什麼樣的方式察覺？其他的不說，光是你們不也是有一堆法寶跟神奇的方法，就是用來測試的嗎？」

曉潔想了一會之後，不太甘願地點了點頭。

「所以囉，」亞嵐攤開手說：「鬼魂說不定就跟《MIB星際戰警》裡面的外星人一樣，一直生活在我們身邊，只是我們都不知道罷了。」

聽到亞嵐這麼說，曉潔原本還打算辯駁什麼，可是瞬間想起了過去的事情。

曉潔自己之所以在畢業之前會把當時Ｊ女中普二甲的同學聚集到體育館，跟她們說那些事情，就是因為在學會口訣之後，曉潔非常清楚滅陣對人的影響，暴露在滅陣之中的這些同學，會變得陰盛陽衰，也就是俗稱的時運不佳，特別容易撞鬼。然而，滅陣本身除了發動之外，並不會招來鬼魂，只是讓她們變得容易走到哪裡都會遇到當地的鬼魂。

當時普二甲之所以有那麼多事情，就是在教室裡的滅陣，影響了班上同學，讓她們到哪都撞鬼，而這不就證明了亞嵐所說的話是對的嗎？

除此之外，昨天兩人巡視那些杯水浮油的時候，不也證實了這點嗎？

鬼魂到處都存在，只是差別在於有沒有跟活人有所交集罷了……

「好，」曉潔也十分乾脆地接受了這個假設：「如果是這樣的話，妳的意思是這算是正常的嗎？不用去管她？」

「這要問妳啊，」亞嵐笑著說：「學會口訣的人是妳還是我啊？」

曉潔被亞嵐這麼一說，不好意思地低下頭。

「不過，」亞嵐瞪大著眼，一臉得意地說：「如果不要說現實生活的部分，假設妳同學遇到的情況是一部恐怖片的話，我就可以有點意見啦。」

「好的，嘟嘟大師，」曉潔笑著問：「那麼如果是恐怖片的話，身為主角妳會怎麼做呢？」

「首先應該要先看看鬼魂的目的，」亞嵐煞有其事地說：「恐怖片的鬼魂每個都有它們自己的原因，雖然有的很蠢，但是幾乎都有它們的公式與目的。像十三號星期五裡面的傑森討厭闖進水晶湖的人，而且特別討厭熱戀的情侶，然後鬼王佛萊迪，因為被一群憤怒的父母燒死，所以才會潛入那些小孩的夢境之中去殺害他們。不只有西方的鬼怪，東方的鬼魂也一樣，像七夜怪談裡面，人們都以為貞子是無差別跟目的的殺人，但是簡單來說，她的目的是為了消滅一半的人類。所以如果可以先搞清楚她的目的，為什麼只有妳同學看得見她，或者是如果她不是人，為什麼她要這樣出現在班上，像一般的學生一樣上課，或許會比較容易有個解決的方向。」

聽亞嵐劈哩啪啦地說完一堆之後，曉潔臉上浮現出訝異的表情。

類似這樣的話，的確阿吉也說過，就是在告訴曉潔不是所有的鬼魂都該收的時候說的。這讓曉潔不得不懷疑，為什麼這麼重要的東西，反而沒有在口訣之中。口訣之中，大部分的鬼魂都是害人居多。如果真的有那麼多鬼魂，一直出現在我們的周遭，為什麼口訣沒有提到呢？

當然轉念一想，曉潔大概也明白了，原因當然是打從一開始鍾馗祖師所留下來的口訣，就是為了對付對人有害的靈體才留下這些口訣的，因此裡面的靈體都對人有不良的企圖。

另外亞嵐也提供了曉潔另一個層面的思考方向，就是從鬼魂的目的去著手，或許的確是個不錯的建議。

「怎麼啦？」眼看曉潔好一陣子沒有回話，亞嵐皺著眉頭問：「我的話有那麼難懂嗎？」

「沒有，」曉潔笑著搖搖頭：「妳的話對我很有幫助，還有沒有想要吃點什麼，今天我請妳，就當作是謝禮吧。」

「真的嗎！」亞嵐喜出望外：「那我就不客氣啦！」

半小時候，曉潔與亞嵐走出了咖啡廳，才剛走出來就看到了那兩個鬼鬼祟祟的男人，正坐在咖啡廳對面的餐廳，一直盯著咖啡廳門口。

曉潔與亞嵐互看一眼之後，完全不打算理會兩人，轉頭準備離開。

眼看兩人要離開，詹祐儒與蔡孟斌也急忙地付好帳追了出來。

曉潔與亞嵐已經走到路口，正要轉彎，從轉角處彎出來一個男同學，與兩人擦肩而過。

曉潔頓時停住了腳步，臉色也跟著驟變，震驚之情全寫在臉上。

想不到剛剛亞嵐才說的話，立刻就得到了證實。

曉潔緩緩轉過頭，看著剛剛與自己擦身而過的男同學。

男同學的肩膀上，一隻半透明的手就搭在那裡。

那隻半透明的手有個同樣也是半透明的主人，就這樣飄在男同學的身旁，跟著男同學一起前進。

看到這景象，曉潔立刻將手放入包包之中，在經過了湖邊樹林的試膽大會後，曉潔現在學乖了，隨身至少會攜帶一點法器，就是為了不要再遇到類似當時的情況，卻完全沒有半點可用的法器。

因此包包裡面放有一把非常小型的銅錢劍，只是曉潔完全沒有想到會像這樣如此突然地擦肩而過。

「怎麼啦？」眼看曉潔突然停下來，亞嵐不解地問道。

「告訴我，」曉潔用手比了比逐漸遠離的男同學說：「妳有看到那個男的嗎？」

「有啊，」亞嵐看了看說：「怎麼了？」

「他是一個人走還是兩個人？」

聽到曉潔這麼說，亞嵐的臉色也有點難看，遲疑了一會之後才說：「……一個，妳不會看到兩個吧？」

就在兩人說著的同時，那男同學已經騎上了機車，準備要離開。

曉潔見狀也有點急了，因為從這情況看起來，那個男同學身上跟的，很可能就是這兩個禮拜她一直在校園各處所尋找的地縛靈啊。

這邊往來的群眾非常多，如果在這邊動手，很可能惹來許多不必要的麻煩，但是如果讓他騎車離開，自己可能又得回歸原點，在茫茫的校園之中尋找他的影蹤。

眼看那男同學就快要騎車離開，曉潔這時也管不了那麼多，趕忙回頭朝詹祐儒與蔡孟斌那邊衝過去。

兩人一直跟在曉潔、亞嵐的後面，卻完全沒有料想到曉潔會突然衝過來，兩人一陣慌亂，默契良好的兩人連想法都一樣，想要假裝對方說了什麼好笑的話題，結果卻同時發出哈哈的笑聲，顯得非常突兀。

原本還以為曉潔是來興師問罪，質問他們是不是跟蹤自己，誰知道卻完全不是這麼一回事。

「學妹啊，怎麼那麼巧……」詹祐儒解釋到一半。

「快看那邊！」曉潔用手指著正準備騎車離開的男同學：「記住他的車牌跟樣子！」

兩人立刻跟著曉潔的指示看過去，清楚地記下了車牌與那同學的樣子。

接著過沒多久，那男同學便騎著車轉了個彎，消失在眾人面前。

「到、到底發生什麼事情了？」詹祐儒一臉狐疑。

「嘿嘿，」曉潔不懷好意地笑著說：「親愛的學長，有件事情想要麻煩你一下……」

3

人生最悲哀的事情是什麼？

如果讓此刻的詹祐儒來回答，那就是自己心愛的人非但不愛你，還想要透過自己去找她暗戀的人。

要說人生的最悲哀莫過於此啊！

詹祐儒苦著一張臉對著一旁的蔡孟斌說：「我想點歌，點一首〈心如刀割〉啊！」

詹祐儒的苦，即使他沒有多說，蔡孟斌也非常清楚。

在認親大會一直到迎新晚會的夜遊過後，原本因為葉曉潔的不敬而想要教訓她的這個老大詹祐儒，心境有了非常大的轉變。

如果要簡單地說，那就是這老大不爭氣地愛上自己的學妹了。

比起洪泰誠那個只會耍小聰明作弄他人的傢伙來說，蔡孟斌很顯然心思細膩得多，很快就注意到了自己老大心境上的轉變。

畢竟詹祐儒並不是個擅長隱藏自己心思的人，所有想法幾乎都會不自覺地寫在臉上，因此除了洪泰誠那種壓根兒不會看人臉色的傢伙之外，幾乎所有人不需要熟識詹祐儒也可以看穿他的內心。

即使詹祐儒嘴巴不承認，但是行動幾乎表達了一切。

才剛選完課，在曉潔拿到自己的課表之前，詹祐儒就已經拿到了曉潔的課表。

美其名當然是為了照顧自己的學妹，但實際上卻是希望可以多多營造一些所謂「巧遇」的機會。

悲哀的是，在成長的過程之中，絕對可以被歸類在「人生勝利組」的詹祐儒，只有不停地籠罩在女性愛慕者的擁戴之中，不曾離開那個溫柔鄉去追求過其他人，因此不要說手法了，光是每天時常的行動，都讓人不禁搖頭。

蔡孟斌甚至有點懷疑，會不會就是因為曉潔對詹祐儒總是不屑一顧的模樣，跟其他人有著完全不一樣的態度，才會讓詹祐儒有種一定要得到她的感覺。

不過這一切都不重要了，對蔡孟斌來說，最苦的還是詹祐儒的嘴硬。

就是因為這份嘴硬，讓他完全不聽別人的意見，總是只會跟蹤曉潔，比起追求者，看起來更像是跟蹤狂的癡漢。

兩人就這樣跟著曉潔與亞嵐一陣子，發現兩人只要到社團去，常常都是好幾個小時不出來。

於是等到天荒地老的詹祐儒做出了一個決定，那就是要親自去加入那個社團。

詹祐儒已經使出了渾身解數，盡可能為自己與曉潔製造機會了，但是兩人之間的距離，卻依然如此遙遠。

這天，詹祐儒仍然帶著蔡孟斌，跟著曉潔與亞嵐一起步出校園，並且看著兩人走進她們平常就很喜歡造訪的咖啡廳之中，兩人也只能照舊在咖啡廳對面的餐廳坐了下來。

餐廳的老闆娘一看到兩人，立刻熱絡地過來打招呼。

「想不到你們那麼喜歡我們家的東西，」老闆娘笑得花枝亂顫，揮著手說：「三天兩頭就過來，該不會是對我有興趣吧？」

聽到年過半百卻老是頂著一臉大濃妝的老闆娘這麼說，兩人只能痛苦地抿著嘴禮貌性地報以微笑。

就在兩人下定決心如果下次曉潔她們又來這間咖啡廳的話，兩人說什麼也不會再來這家餐廳的時候，曉潔跟亞嵐走了出來。

兩人匆忙付了帳之後，趕緊跟了上去，想不到才走沒幾步，就看到曉潔與亞嵐停在轉角處，還在納悶她們為什麼停下來的時候，曉潔突然朝兩人跑來。

就在曉潔突然朝自己跑來的時候，雖然一瞬間詹祐儒有點驚慌了，但是內心卻有一股悸動，認為機會終於……終於來了。

曉潔終於看到了自己的付出，願意放下她的矜持，向自己表白她的感情時，情況卻跟詹祐儒所想的完全不一樣。

那個他所愛的學妹，抓著自己比向一個男同學，並且要自己看清楚，看著他揚長而去的背影與車牌。

然後，這個學妹露出了他所沒見過的甜美笑容，懇求了自己一件事情。

就是找出剛剛那位男同學的名字與所讀的班級。

詹祐儒終於知道什麼叫做心痛，什麼叫做心如刀割了。

他含淚答應了這個請求，畢竟對他來說，他沒有能力抗拒那個甜美笑容，因此即便這個請求，讓自己宛如墮入地獄般痛苦，但他還是答應了。

當然，這個號稱拯救中文系的「救世主」，靠著自己在學校的關係，即便只有車牌與那驚鴻一瞥，詹祐儒還是很快就找到了那個男同學。

那個搶奪自己學妹目光的男人叫做許漢禹，是會計系大三的學生。

在經過會計系系學會熟識的友人帶領之下，詹祐儒帶著自己的兩個跟班，找到了許漢禹。

與跟蹤曉潔的時候差不多，詹祐儒沒有直接過去跟這個奪他所愛的男人面對面，只是遠遠地跟著他，觀察著他。

當然曉潔的要求只有找到他的名字與班級，並沒有要詹祐儒接近他的意思，但是詹祐儒就是想要來看看，這男人到底有什麼好，或者是有什麼自己沒有的，竟然可以吸引到曉潔的關愛。

「我不懂，」跟了一會之後，洪泰誠提出了疑問：「我們為什麼要跟著這個男人？說到底我們到底為什麼要找他？」

聽到洪泰誠這麼問，詹祐儒立刻愣在原地。

當然原本詹祐儒並不打算找洪泰誠，不過因為認識會計系系學會的是洪泰誠，所以似乎也不能不帶他來，只是詹祐儒完全沒有想過，萬一洪泰誠問起來，自己該怎麼回答。

「那個男的，」一旁的蔡孟斌幫詹祐儒回答：「好像是葉曉潔喜歡的人。」

聽到這個回答，洪泰誠先是理解似地點了點頭，接著臉上又浮現出不解的表情。

「可是，」洪泰誠一臉疑惑：「我們不是要讓她好看嗎？那她喜歡誰干我們什麼事啊？」

「啊。」

詹祐儒張大了嘴，不知道該怎麼辯駁與解釋。

所幸一旁的蔡孟斌非常機靈，幫詹祐儒答道：「所以讓她幸福快樂就算是給她好看了嗎？當然不行啊！不是嗎？」

「就、就是說啊！」詹祐儒在一旁附和。

雖然覺得這樣講似乎有點牽強，不過洪泰誠不打算追究，只是聳了聳肩。

這時三人跟著許漢禹已經離開了校園，原本還以為他要去牽車，誰知道他繞過了停滿機車的停車場，走到了一間看起來荒廢已久的平房之中。

由於Ｃ大學位處山區，在附近蜿蜒的山路之中，常常可以見到一些荒廢的屋子，因此不算什麼稀奇的事情，然而直接走進去其中一間，就要另當別論了。

就在三人還在訝異著為什麼許漢禹要走進去這間荒廢屋子的時候，一向鬼點子很多的洪泰誠拍了拍手。

「那還不簡單！」洪泰誠叫道：「讓我去對他進行一下道德勸說，要他離葉曉潔遠一點，這不就搞定了嗎？」

「啊？」詹祐儒一臉訝異。

「放心，在我勸說過後，我保證他會離葉曉潔遠遠的，永遠不會接近她，哈哈！」

沒等詹祐儒回答，洪泰誠已經朝著荒廢的屋子走去，蔡孟斌遲疑了一會之後，也跟著洪泰誠過去，留下詹祐儒一個人還愣在原地。

「喂！你們幹什麼？不要自己上啊！」詹祐儒壓低聲音叫著兩人。

但是洪泰誠只有揮了揮手，示意要詹祐儒不用擔心，然後頭也不回地朝著荒廢小屋而去。

當然，對詹祐儒來說，如果這樣可以讓他遠離曉潔，自己當然求之不得、樂觀其成。

但是這完全牴觸了詹祐儒的原則，他反對任何形式的暴力，自然也不可能接受這樣接近威脅般的道德勸說。

因此即便內心很掙扎，熱切希望這男的從此遠離曉潔的視線，但他還是不能接受這樣的事情。

不行！還是要去阻止他們！

到頭來詹祐儒還是擔心，如果真的傷害了心愛學妹的暗戀對象，到時候要是曉潔怪罪下來，自己絕對承擔不起。

加上自己反對任何形式的暴力，哪怕只是言語的恐嚇。

在愛情這盤棋上，輸了還可以上訴，不需要這樣。

因此猶豫了一會之後，詹祐儒還是決定去阻止兩人。

可是此刻兩人已經尾隨著許漢禹進到那間廢棄的屋內，詹祐儒二話不說，立刻朝廢棄屋子奔去，希望可以在他們動手之前，阻止他們。

為了挽回自己的原則，詹祐儒使勁狂奔，才剛跑進屋子裡，只見左右兩道黑影瞬間從身邊掠過，他才剛進屋內，兩道黑影已經衝出屋外。

「啊咧？」詹祐儒立刻停下腳步。

然而在詹祐儒還搞不清楚狀況之前，廢棄小屋的大門已經砰的一聲關了起來，將詹祐儒一個人關在門內。

那兩道黑影不是別人，正是剛剛搶先一步進到小屋的蔡孟斌與洪泰誠，兩人剛剛忙著逃命，誰也沒想到竟然會跟詹祐儒擦肩而過。

在兩人逃出來，而門砰的一聲就緊緊關上之後，兩人似乎才意識到剛剛彷彿跟詹祐儒擦肩而過。

當然愣了一會之後，門內門外的三個人立刻慌成一團，詹祐儒轉身想要開門，剛從裡面逃出來的兩人也趕忙過去想要把門打開，把詹祐儒救出來。

可是不管三人怎麼推拉，那扇門就是動也不動，完全沒有半點開啟的跡象。

眼看門打不開，蔡孟斌與洪泰誠也只能放棄。

「聽我說，」蔡孟斌趴在門上對裡面說：「老大，你冷靜點聽我說。曉潔叫我們找出他，不是因為暗戀他，是因為……那男的有點不太對勁。你小心點，看看能不能不要驚動他，找個地方躲起來，或者是想辦法從窗戶或二樓逃出來。」

聽到蔡孟斌這麼說，詹祐儒內心一懍，緩緩地回過頭，在這陌生的廳廊深處，那個叫做許漢禹的男人就站在那裡。

他的雙眼異常巨大，但卻是一片慘白，完全沒有黑色的眼珠，嘴角以詭異的角度向上揚起。

剎那間，詹祐儒知道蔡孟斌說的是真的，曉潔要自己打聽這傢伙，不是因為對這男的有興趣，而是這男的真的很有問題。

看著眼前的傢伙，詹祐儒臉上先是浮現出幸福的笑容，然後嘴角慢慢下沉，最後停留在臉上的表情是哭喪的一張臉。

因為詹祐儒不知道是該為曉潔沒有愛上別人而開心，還是該為即將面對的恐怖而傷心。

第3章・第四十七個縛靈

1

曉潔感到非常困惑。

在跟地縛靈擦肩而過之後，曉潔拜託自己的學長詹祐儒去找那個男同學，自己則是在鄧教官的協助之下，再度來到了被四十多個地縛靈盤據的男生宿舍五樓。

比起第一次在毫無預警的情況之下闖入，這一次曉潔很小心，在盡可能不打擾到這些鬼魂的狀況之下，在教官打開門鎖之後，曉潔獨自一人走入這許久不曾有學生入住的宿舍五樓。

空氣中飄浮著一股腐朽的味道，手電筒照射出來的光束之中，許多微小的懸浮顆粒充斥在其中。

曉潔含著柚子葉，一步步朝著宿舍深處而去。

原本應該是類似客廳一樣，讓許多學生可以在這邊聚集看電視的地方，此刻卻是空蕩蕩的一片。

說空蕩蕩其實不是很合適，因為在這個空間之中，站滿了一個又一個的地縛靈。

每個地縛靈都是面無表情地面對著同一個方向，感覺起來就好像是個宗教組織在進行什麼祭拜儀式。

雖然曉潔不曾看過其他的地縛靈，口訣之中所述的「困於地而縛於心」曉潔不是很能體會是什麼樣子。可是不知道為什麼，感覺這些地縛靈卻不太像是口訣中所應該表現的模樣。

總覺得有哪裡不對勁……

不，不只有這些地縛靈的狀況很奇怪，就連阿吉過去處理的方法也讓曉潔感到不解。明明就是學習同一份口訣，明明就是相同的門派，但是曉潔卻完全不明白，到底這些地縛靈是怎麼回事。

阿吉當初為什麼沒有解決，後來卻又告訴她解決了？另外就是如果這些地縛靈真的在這裡經過那麼長的時間，為什麼一直到現在才開始作祟？

原本還以為在經過了亞嵐的開導，加上又多找到了一個地縛靈之後，有助於自己更加了解這些縛靈在這裡的原因，可是此刻看著這些地縛靈，曉潔的腦袋卻還是一片空白。

最重要的還是先找出它們的目的，這是亞嵐告訴曉潔，如果在恐怖電影裡面的話，她身為主角會優先處理的事情。

在先前的林冠修事件之中，曉潔打從一開始就認定了那個纏上林冠修的地縛靈，是為了抓替身而找上林冠修的。

但是當曉潔跟亞嵐一起闖入這裡的時候，這個可能性幾乎已經不存在了。

就口訣裡面所說，一般來說抓交替型的地縛靈，有一些共通的特點。除了在死亡之後極度的痛苦與恐懼形成了怨念之外，還有就是痛苦會不斷地重演，這些都是地縛靈之中，被稱為「縛於心」的部分，但是這邊看不到任何類似重演的情況。

除此之外，數量也是另外一個讓曉潔不理解的地方。以困在這邊的四十九個地縛靈來看，就必須有那麼多人在這個地方死亡才會形成這樣的情況。從教官那邊得知，這裡不曾有過如此多人死亡的意外。如果是抓交替而死亡的，那麼在另外一個人死亡的同時，這一方就得以解脫，不會繼續成為地縛靈留在原處，也就是說數量不會增加。所以這些地縛靈，應該是後來才聚集在這裡的，這跟一般所認知的地縛靈，又有很大的差距。

如果不是為了抓交替，那麼這些鬼魂存在這邊的目的到底是什麼？

不知道為什麼，曉潔覺得只要能夠解開這個謎題，自己就能參透其中的道理，不過現在曉潔還是沒能想出一個結論。

這些地縛靈跟上次曉潔看到的一樣，雖然固定在原地，但是看起來有點左右搖晃，身處於其中會讓人有種頭暈的感覺。

曉潔小心翼翼地點著這些地縛靈的數量，確定跟上次一樣是四十六之後，曉潔緩緩地退出五樓。

如果詹祐儒那邊順利的話，說不定下次來這裡，數量會變成四十七，到時候就只差兩個了。

只要能在時間以內把所有地縛靈找回來，即使這四十九個地縛靈為什麼會在這裡的謎題還沒解開，說不定也不重要了。

曉潔樂觀地這麼想著，走出了五樓，鄧教官在曉潔出來之後，將門重新上鎖，並且重新將警告的標語貼好。

曉潔向教官報告完一切正常之後，告別了教官，才剛走出男生宿舍，曉潔的手機就響了起來，打來的人是亞嵐。

「不好了！」剛接起電話，就聽到另一頭的亞嵐慌張地叫道：「那傢伙出事了！」

2

校門口，在蔡孟斌的帶領之下，曉潔與亞嵐兩人一起朝著那間廢棄小屋而去。

「我不懂！」曉潔抱著頭質問身旁的蔡孟斌：「我只是拜託你們去查他是誰，為什麼你們會去找他麻煩？」

「因為……」蔡孟斌一臉尷尬地答道：「會長以為妳喜歡他。」

「啊？」曉潔一臉難以置信：「就只因為想要知道他是誰就喜歡他了？而且就算他真

的是我喜歡的對象，你們就要去找他麻煩？」

「不是會長，」蔡孟斌苦著臉說：「是洪泰誠自作主張要去的。」

「那他人咧？」

「我叫他先回去了，」蔡孟斌說：「我怕他又會跟妳們起衝突，所以先讓他離開了。」

蔡孟斌說的是事實，洪泰誠個性比較衝，而且講話又很不禮貌，因此很容易跟其他人起衝突，當然另外一個蔡孟斌沒有講出來的原因，就是一直到現在，洪泰誠還是以教訓這兩個學妹為最高原則，如果他在場的話，很可能會產生許多不必要的麻煩，因此蔡孟斌才會要他先離開。

「就是前面那間！」蔡孟斌指著前面的一間小屋說。

看著前面的小屋，曉潔真的感覺到非常無言。

原本還以為這次會是第一次無驚無險簡單解決的事件，想不到竟然有個豬頭自己去找麻煩。

從蔡孟斌的說法聽起來，似乎真的很不妙了。

如果處理不好，不只有那個叫做許漢禹的有危險，就連詹祐儒也可能小命不保。

三人來到了門前，蔡孟斌對兩人說：「就是這扇門，剛剛我跟洪泰誠怎麼打都打不開……」

話還沒說完，曉潔手拿著符籙，朝門一貼，那扇門就這樣輕輕地被曉潔順手推了開來。

雖然曾經跟蹤過曉潔回家，知道曉潔就住在廟裡，但這還是蔡孟斌第一次見識到曉潔的神威。

不愧是廟公的女兒……

誤解曉潔身分的蔡孟斌，在看到曉潔不可思議地將三個大男人怎麼樣都開不了的門輕鬆打開時，忍不住瞪大雙眼、張大了嘴，也更加認定曉潔是在廟裡長大的了。

門後面完全看不到詹祐儒的蹤跡，蔡孟斌正打算開口叫詹祐儒，卻被曉潔制止。

曉潔將食指放在唇上，示意他不要出聲。

「我進去看看，」曉潔壓低音量說：「嘟嘟麻煩妳一件事情……」

曉潔從自己的袋子裡面，掏出了一條紅色的棉線，並且將其中一端交給亞嵐。

「妳在這邊守著，」曉潔對亞嵐說：「把這條線握緊，絕對不要放手。說不定最後得要靠這條線來保命。」

聽到曉潔這麼說，亞嵐皺著眉頭說：「為什麼不給他握就好了？我跟妳一起進去啊。」

「我不是很相信他。」曉潔皺著眉頭說。

亞嵐鼓著嘴，白了身旁自己的直屬學長蔡孟斌一眼，如果他再可靠一點，至少現在就不需要讓曉潔自己一個人進去了。

不過既然這條線事關重大，的確交給蔡孟斌似乎不是很保險，因此亞嵐只能接受這樣的安排，守在門外握緊這條保命用的棉線。

曉潔站在門前，將包包斜揹，深呼吸一口氣。

別緊張，一切都照著口訣來就可以了，對付地縛靈的東西都準備好了，這一次不再像先前那樣，什麼都沒準備，一定沒有問題的。

曉潔再度深呼吸一口氣，然後走進屋內。

只是此時此刻就連曉潔都不知道，今夜恐怕是個連她自己都沒有辦法想像的漫漫長夜。

3

站在門口等待的亞嵐與蔡孟斌，看著曉潔拿著繩子朝屋裡深處而去。

想不到走沒幾步，曉潔的身影就這樣消失在走道上，只剩下亞嵐手上的繩子，筆直地拉成一直線，朝屋子深處而去，看起來非常詭異。

門外的這兩個人，彼此互看一眼，對眼前的景象都覺得非常不可思議。

但是走入屋內的曉潔，非常清楚這是怎麼一回事。

這就是所謂的「鬼作祟」。

一般來說，只要鬼魂開始作怪就很容易產生這種現象，不管哪一種靈體都有可能會出現「鬼作祟」，當時在徐馨奶奶家就是這樣，除此之外還有一般人常遇到的鬼打牆、鬼壓床，其實都是類似這樣的現象。

這種現象不但會影響人的五感，還會進一步產生各種一般人難以理解的情況，其實都可以說是鬼作祟。

曉潔一步步朝屋子深處而去，她可以依稀聽得到一股低鳴，彷彿有人摀著嘴在哭泣的聲音。

走在這種鬼作祟的房子裡面，任何視覺跟聽覺或者其他各種感官上的直接感受，都不能過信，因為這一切都可能是鬼作祟所引起的錯覺。

越到深處，那宛如有人啜泣的聲音就越清楚。

曉潔不敢大意，手上緊緊扣著幾枚古銅錢，小心翼翼地朝著深處而去。

當曉潔走出了前廊，來到了後面原本應該是餐廳與客廳合併在一起的廳間時，一個詭異又有點好笑的景象浮現在曉潔的眼前。

只見廳間的一個角落，詹祐儒就在那裡，以一個奇怪的姿勢站立著，另外一個男的，應該就是許漢禹吧，也同樣以一種奇怪的姿態站在詹祐儒的面前，兩人就這麼面對面站著。

詹祐儒那邊，可以清楚地看到他的右手，被橫梁上垂下來的繩子給纏住，因此有點像是整個人吊掛在那邊，而左手則是橫在胸前，看起來就好像是要防止許漢禹撲衝過來，只是上面天花板因為破損的關係，橫梁有點垂下來，因此就高度來說，詹祐儒踮著腳尖，右腳還是能夠勉強頂在地板上，左腳則是不協調地蹺了起來。

整個姿勢雖然非常狼狽與詭異，不過看到這熟悉的姿勢，曉潔很快就了解為什麼雙方會形成這樣對立的局面了。

因為雖然詹祐儒自己可能連聽都沒有聽過這個姿勢，不過這的確就是魁星踢斗的姿勢，也因為這個姿勢的關係，才能讓他不至於在曉潔趕到之前，就被這傢伙給解決掉。

時間回到不久前。

被困在這裡之後，詹祐儒一時之間嚇到完全不敢動彈，所幸感覺像是被鬼上身的許漢禹，似乎還沒有發現詹祐儒的蹤跡，不過也正一步步朝著門前的詹祐儒而來。

詹祐儒左顧右盼之下，找到了可以登上二樓的階梯，眼看許漢禹正朝自己靠近，詹祐儒小心翼翼地逃到階梯邊，趕忙跑上二樓。

二樓光線比一樓還要昏暗，幾乎可以說是快要伸手不見五指了，不過只要能夠遠離那傢伙，詹祐儒也顧不了那麼多了。

上到二樓之後，詹祐儒也盡可能地遠離樓梯，朝著深處而去，如果可以找到窗戶逃出去，那就更好了。

誰知道在摸黑走了一會之後，腳下面突然一空，詹祐儒整個人就這樣跟著崩落的地板一起掉到一樓。

在崩落之前，詹祐儒心一慌，順手想要找看看有沒有什麼東西可以抓住的，想不到一陣混亂之下，抓到了一條繩索，可是身子還是整個往下掉，繩索不但沒有幫助他留在二樓，反而纏住了他的右手。

不過更糟糕的是，當詹祐儒回過神來發現自己又回到一樓的廳堂，並且被繩索纏住脫不了身的同時，許漢禹就在他的面前，而且這一次，許漢禹清楚地發現了詹祐儒的存在。

許漢禹發出了一陣詭異又淒厲的嘶吼聲後，二話不說立刻朝詹祐儒衝了過來。

詹祐儒見了又急又怕，踮起腳尖才勉強碰到地板的他，根本沒辦法跳起來，更遑論鬆開纏在手上的繩索了。

眼看許漢禹朝自己撲過來，但是自己卻連抵抗都只剩下一隻左手能用的情況，詹祐儒嚇到淚都飆出來了。

就在許漢禹要碰到詹祐儒的時候，詹祐儒反射性地將左手向前一擋，踩不到地板的左腳也無意識地蹺起來，竟然就真的擺出了魁星踢斗的姿勢。

這姿勢對鬼魂來說，本身就有一定的抵抗力，因此原本想要進攻的許漢禹見了，頓時停了下來，就好像面前頓時失去狩獵目標的獵人般，徘徊等待著目標再次出現。

看到許漢禹突然停下來，雖然詹祐儒完全不知道為什麼，但也算是死裡逃生地鬆了一口氣。

不過他一點也不想要就這樣跟許漢禹大眼瞪小眼，伸長左手試圖想要去解開右手的繩索時，左手才剛動一下，許漢禹立刻向前一步，伸出雙手想要掐住詹祐儒。

詹祐儒見了，左手立刻回來抵擋，這一擋又成了魁星踢斗，逼得許漢禹立刻又退了一步。

「什麼啊？」詹祐儒哭喊著：「這到底是什麼情況啊？」

雖然不知道箇中緣故，但似乎是因為這個姿勢才讓許漢禹沒有進一步傷害自己，詹祐儒也因此不敢亂動，兩人就這樣無聲地對峙著。

就這樣經過了不知道多久的時間，一直維持著魁星踢斗的姿勢，加上自己本身的重量，讓詹祐儒被繩索纏住的右手逐漸失去知覺，而其他地方也因為維持著相同的姿勢，開始感到痠痛與疲累。絕望開始在詹祐儒心中擴散開來，如果再這樣持續下去，自己說不定很快就會連舉著左手蹺著腳的力量都沒有了。

絕望的詹祐儒除了臉上滿是汗水與淚水，還不斷地為自己的不幸而發出啜泣的聲音，只是此時筋疲力盡的他連啜泣都顯得無力。

就在詹祐儒覺得自己快撐不下去的時候，昏暗空間之中，一個熟悉的身影出現在面前。

「學妹！」詹祐儒感動到淚水又再度飆了出來。

詹祐儒才剛叫了一聲，就立刻被曉潔制止，曉潔將手指比在嘴唇上，示意詹祐儒不要出聲。

當然一開始曉潔是瞪大了雙眼，看著這彷彿鬼斧神工、渾然天成的魁星踢斗，有點哭笑不得。

這傢伙真的命大，如果不是這個姿勢的話，說不定此刻，他早就已經被許漢禹解決了。

不過下一刻曉潔立刻就知道，這時候許漢禹的目光還鎖定在詹祐儒身上，自己可以趁機準備一下，說不定能夠在比較安全保險的情況下，解決這次的問題。

曉潔用嘴型說「不要亂動」之後，接著用手比了比大門的方向，示意自己要準備一下。

雖然詹祐儒希望曉潔可以直接從後面給許漢禹一腳，用最快的速度解救自己脫困，不過此時此刻完全沒有他說話的餘地，因此也只能含淚點了點頭。

除了許漢禹不可能容許他多嘴之外，曉潔的出現，對詹祐儒來說，已經是一個可以上刀山、下油鍋來還願的感人神蹟，至少就心情來說，跟剛剛的絕望相比，真的是天堂與地獄的差別了。

曉潔稍微看了一下纏住詹祐儒的繩索，如果是從二樓的話，應該可以順利把它解開才對，看清楚了之後，曉潔靜悄悄地退回通往大門的走廊。

在確定好了通往二樓的樓梯之後，曉潔從袋子裡面拿出準備好的保鮮膜，然後將走廊通往大門的地方，用保鮮膜由左至右拉了幾次，做出了看起來就好像絆馬索一樣的陷阱。

佈好陷阱之後，曉潔拿出硃砂筆，在保鮮膜上面寫了些咒文，如此一來就等於困住許漢禹身上的鬼魂了，等等只要想辦法把他引來這邊就可以順利解決了。

等到佈好陷阱之後，曉潔從一旁的樓梯上了二樓，拿出手機充當手電筒，很快就找到那條纏住詹祐儒的繩索。

一切都準備就緒了之後，曉潔深呼吸一口氣，調整好呼吸。

「等等鬆開之後，」曉潔對著樓下的詹祐儒說：「無論如何都要維持你現在的姿勢。」

「啊？」

詹祐儒還不是很了解，只感覺到手上的繩索一鬆，身子整個向下一沉，想到曉潔的話，詹祐儒試圖想要站穩，可是長時間被懸吊在那邊，腳早就麻痺了，不要說維持姿勢了，根本連站都站不住，身子一軟整個人就撲倒在地。

失去了姿勢，也失去了嚇阻許漢禹的力量，許漢禹見了立刻撲向詹祐儒。

詹祐儒見狀除了哀號之外，連掙扎的力量都沒有。

只是許漢禹快，樓上的曉潔更快，許漢禹撲向詹祐儒之際，曉潔也迅速從二樓地板已經崩塌，高度比較矮一點的地方跳下來，一著地便立刻擺出了魁星踢斗的姿勢。

許漢禹被這突然殺出來的曉潔擋住，根本來不及煞車，整個撞上曉潔，結果手才剛碰到曉潔的肩膀，立刻被曉潔的魁星踢斗給震退，整個人向後彈飛，摔倒在地上。

這才是真正擺出魁星踢斗姿勢的威力。

許漢禹被震倒在地上，很快地一個翻身又站起來，不過比起剛剛詹祐儒那只有做個類似樣子的魁星踢斗，曉潔這個正統的傳人做起來威力根本不可同日而語。

被震飛的許漢禹一時不敢進攻，只能一臉怨恨地拉長脖子咆哮。

「啊嗚！」

曉潔維持著魁星踢斗的姿勢，沒有回頭對著詹祐儒說：「等等我們動手，你就找機會先躲起來，知道嗎？」

詹祐儒這時從地上掙扎爬起來，躲到了曉潔身後，看著許漢禹的模樣，此刻的許漢禹雙目仍然只有眼白，嘴角依舊上揚，模樣十分駭人。

「我們學校的學生是怎樣？」詹祐儒想起了先前在後山湖邊的林家恆與許瑤姍，哭喪著臉說：「特別容易被鬼附身嗎？」

「不是，」曉潔沉著臉說：「他不是被附身，而是攀附。對那些妖魔鬼怪來說，附身是另外一回事，你等等就會懂了。」

就在曉潔這麼說的同時，果然在許漢禹的肩膀上，浮現出一張恐怖的臉孔，那是一張充滿怨念的女子臉孔。

的確在那張恐怖的臉與身影出現之後，詹祐儒立刻明白什麼叫做攀附了。

只見那張恐怖臉孔的主人，整個人就趴在許漢禹的背上，就好像是被許漢禹揹著一樣，兩隻腳纏著許漢禹的腰，而她的兩隻手緊緊扣著許漢禹的頭，一隻手扣著額頭，另外一隻手扣著下巴，才導致許漢禹的臉孔整個扭曲變成如此可怕的模樣。

她的現身最主要是因為剛剛被曉潔的魁星踢斗震飛之後，靈力受到了減損才不得不現身，當然曉潔也知道對方並不是多麼凶猛的地縛靈，從詹祐儒那蹩腳，只有外型有這麼一點輪廓，其他部分的細節完全不到位的魁星踢斗都可以逼退她就大概可以知道，這傢伙的功力應該不會太高，因此一旦被真正的魁星踢斗震飛，應該非常足夠讓她現形。

攀附是所有縛靈共通的現象，是一種非常普遍的情況，不管是地縛靈還是人縛靈，只要有機會都會對人進行攀附，當年曉潔自己本身被人縛靈纏住的時候，阿吉在解決後就曾經告訴過曉潔……

「還好他沒有選擇攀附妳。」阿吉說。

「攀附我？」曉潔不解。

「嗯，就是趴在妳身上，控制妳的行動。」

「如果這樣的話會很糟糕嗎？」

「非常糟糕，情況會完全不一樣。」

「怎麼個不一樣？」

「到時候我就得要對付妳，把妳打得鼻青臉腫，而不是讓妳換上這一身漂亮的兔女郎裝。」

「……你去死。」

雖然當時的阿吉是玩笑話，不過情況也真的如阿吉所說，如果當時那個鬼魂選擇直接攀附在曉潔身上，就形同挾持著自己的身體，像現在的許漢禹這樣，以阿吉的個性來說，或許真的會把她打得鼻青臉腫也說不定。

眼前的許漢禹再次拉長脖子開始咆哮，曉潔非常清楚，剛剛的魁星踢斗雖然震飛了許漢禹身上的女鬼，但是也相對地惹惱了她。

這一次只靠魁星踢斗恐怕是不夠的，曉潔放下了抬起的一隻腳，伸手到包包裡面，拿出了銅錢劍。

果然，在咆哮聲後，許漢禹不再猶豫，夾著一聲怒號，朝著曉潔撲了過來。

4

許漢禹朝曉潔撲過來，光是氣勢就讓躲在曉潔背後的詹祐儒嚇退了好幾步，一直到整個人撞到後面的牆壁才勉強停下來。

有別於詹祐儒的退縮，曉潔這邊可是完全準備好了，因此許漢禹攻過來，曉潔二話不說揮動銅錢劍，一劍就朝著許漢禹揮過去，兩人立刻打了起來。

眼看兩人一動起手來，詹祐儒哪敢再有半點遲疑，立刻想要找個安全的地方躲一下，只是因為剛剛用力跟支撐過度，現在一手一腳完全麻痺無力，只能垂著右手，一拐一拐地找地方躲。

詹祐儒先是看了一下四周，發現原本應該是廚房的地方，有個有點坍塌的料理台，似乎是個不錯的躲藏地點，又近又剛好可以遮住全身。

詹祐儒強忍身上的疼痛與麻痺，為了避開兩人的纏鬥，還特別繞了一點路，扶著牆終於來到了廚房的料理台旁。詹祐儒縮起身子，整個人窩在坍塌的料理台旁，才剛鬆一口氣，一個黑影從料理台上方橫飛過來，轟隆一聲整個人撞倒在詹祐儒身邊。

詹祐儒嚇到跳起來，定睛一看，那黑影正是被打飛的許漢禹。

許漢禹被曉潔打飛之後，一股怨氣正好沒地方發洩，看到眼前突然跳出一個人，二話不說直接一把就抓住了詹祐儒的頭髮，用力扯了起來。

「痛啊！」詹祐儒叫道：「不要抓頭髮！天啊！為什麼你們都要扯頭髮啦！」

眼看詹祐儒陷入困境，曉潔立刻跳過來，對準了許漢禹的手上一劈，許漢禹心生畏懼，立刻縮手，這才放開詹祐儒的頭髮。

詹祐儒一連退了好幾步，死命地搔著自己的頭叫道：「臉可以打！就是不要扯我的頭髮！不行嗎？」

「少廢話！」曉潔聽了好氣又好笑：「快去躲好。」

詹祐儒心想，剛剛自己躲得很好，如果不是他飛過來，那位置非常完美。

不過當下詹祐儒也不敢廢話，只好摸摸自己疼痛的頭皮，再物色一個新地方躲藏。

這一次詹祐儒看上的是客廳旁的一張餐桌，原本應該可以提供一家四口吃飯的桌子，雖然有點傾斜，不過要躲一個人應該沒有問題，詹祐儒鑽進餐桌底下，心想這次絕對沒問題了。

誰知道才剛這麼想，窸窣地一陣聲響，一顆頭就這樣滑了進來，嚇到詹祐儒又跳了起來，這一跳就連餐桌都被他整個撞開，倒向了一邊。

那滑進來的頭顱不是別人，正是被曉潔踢倒在地上的許漢禹，順勢一滑的情況之下，剛好又滑進了詹祐儒躲藏的餐桌底下。

「學妹啊，」詹祐儒抱著自己剛剛狠狠撞上餐桌底部的頭哭叫道：「怎麼我躲哪裡，他就被妳打到哪裡啊，妳是故意的嗎？」

曉潔聽了好氣又好笑，自己專注在對付這傢伙都來不及了，誰還有心思管他躲在哪裡。

詹祐儒一邊抱頭哀號的同時，地上的許漢禹一翻起身，順勢一抓又扯住了詹祐儒的頭髮。

「痛啊！」詹祐儒哭叫著：「不是說好別抓頭髮嗎！臉給你打，別抓頭髮啊！這是預約了好久，花了八千塊才特別請到名設計師賽門弄的頭髮啊！」

原本正準備上前幫詹祐儒的曉潔聽到詹祐儒的話，一臉難以置信地叫道：「啊？就這顆頭值八千？你也太浪費錢了吧！」

曉潔說完之後，順勢朝著許漢禹的屁股一踢，看起來漫不經心的一踢，實際上卻是魁星七式裡面的一招，威力絕不是一般的地縛靈所能承受。

因此一腳踢中的同時，許漢禹口中立刻發出驚人的哀號，整個被踢飛了出去，直直撞上牆壁。

詹祐儒脫困之後，用力撫摸著自己的頭，看著自己好不容易弄好的頭髮，此刻又亂成一團，真是皮痛心更痛。

上次在後山湖邊，詹祐儒被鬼上身的林家恆當成馬一樣騎在腰上，頭髮被當成韁繩般一陣亂扯，連頭皮都有點受傷，更不用說髮型了。

於是遇劫歸來的詹祐儒，第一件事當然就是立刻與自己的專屬設計師賽門預約。

無奈賽門太熱門，排了幾個禮拜才排到，花了八千弄好頭髮不過幾天，現在又被許漢禹摧殘。

詹祐儒當真是欲哭無淚，心痛到不行。

「算了，」詹祐儒一臉委屈地說：「學妹，我在這邊會給妳礙手礙腳，這樣好了，我先逃出去，在外面支援妳。」

這邊的曉潔在重創了許漢禹之後，拿出了收拾地縛靈的道具，正低聲唸著口訣，準備將這地縛靈給收了，誰知道突然聽到詹祐儒吵著要出去，曉潔心喊不妙。

「不要！那邊……」曉潔回過頭正打算提醒詹祐儒，因為曉潔很清楚自己在那邊設下陷阱。

話還沒說完，就聽到了詹祐儒的哀號。

「唉唷喂呀！這什麼啊！」

曉潔真的感到無比的無力了。

就在詹祐儒被走道上的保鮮膜纏住的同時，原本被打趴在牆邊的許漢禹也緩緩地站了起來。眼看失去了收拾他最好的時機，曉潔牙一咬，轉身跑向走道，打算先幫詹祐儒脫困再說，不然這傢伙一直攪局下去，自己說不定真的會被干擾到出問題。

「這傢伙真陰險，竟然在這裡佈下陷阱。」詹祐儒很有閒情逸致地抱怨著。

曉潔聽了無奈地搖搖頭，幫詹祐儒把纏在身上的保鮮膜給解開。

「這是我佈好的陷阱，」曉潔冷冷地說：「但不是準備給你用的，不是叫你躲就好了嗎？」

「可是我怎麼躲你們都會打到我這邊啊，所以才想說先逃出……啊咧？」

詹祐儒邊說邊指向大門，並且看向走道，誰知道原本不應該那麼長的走道，這時竟然看起來深不見底，一路不斷延伸下去。

「這條走道原本有那麼長嗎？」

曉潔無奈地搖搖頭，連想跟他解釋這就是鬼作祟之後所謂的鬼打牆都懶了，將包包延伸出來的那條繩線拿起來，交到詹祐儒的手上。

「握著這條繩子，」曉潔說：「不要扯，就抓著這條線，順著它朝外面走就可以了。」

詹祐儒聽了，也不敢多嘴，立刻照著曉潔所說的做，只是心中實在很怕如果多作停留，自己可能又得被扯頭髮的他，腳步越走越快，原本還以為要一陣子才能找到出口，誰知道走沒幾步，眼前突然一亮，自己竟然已經身在屋外了，更驚人的是，眼前還突然出現兩個人，一臉訝異地看著他。

詹祐儒完全沒有心理準備，走得又快又急的情況之下，就這樣直直撞上了另外一個手握著線端的人。

這個被詹祐儒撞倒的人不是別人，正是一直與蔡孟斌守在外面的亞嵐。

亞嵐被詹祐儒這麼一撞，整個人倒在地上，原本一直緊緊握住的線頭，也因此鬆開。

「啊！」亞嵐叫道：

「線！」

可是為時已晚，只見繩線一縮，瞬間彷彿被另外一端給吸了過去一樣，朝屋內一縮整個消失得無影無蹤。

一想到剛剛曉潔說的，這很可能是最後用來保命用的線，現在竟然就這樣被詹祐儒給撞掉，亞嵐又氣又惱。

「你走路都不看一下的嗎？」亞嵐氣得搥著地面說：「被你這一撞害我線都飛了，現在怎麼辦？曉潔人呢？」

「……還在裡面。」好不容易逃出生天的詹祐儒，坐在地上直喘氣，勉強地回答。

「然後你不但自己一個人先溜出來，」亞嵐氣得一臉鐵青地說：「還把曉潔可以用來保命的線給搞砸了？天啊，你到底是……」

亞嵐已經氣到完全不知道該怎麼罵詹祐儒了。

詹祐儒也只能低著頭，一臉慚愧不敢反駁。

在屋子裡面，曉潔要詹祐儒沿著線繩走出去，才剛看到他身影消失，過沒多久線繩就好像被人家拋棄一樣地丟了出來，曉潔也無奈地搖了搖頭。

因為她完全可以想像得到，那傢伙很可能出去之後，冒冒失失地就把線頭弄掉了。

陷阱沒了，可以安全逃出去的線頭又掉了，看樣子也只能硬拚了。

還好對方不算太難對付，不然光是這些狀況，就足以讓曉潔身陷險境了。

曉潔站起身來，才剛轉過身就看到許漢禹站在廳堂中央，準備再度對曉潔發動攻擊。

曉潔確認了一下自己手上的符，心中浮現出口訣。

在鍾馗派中，光是縛靈就有三種不同的對抗方法，想要對付這三種不同的縛靈，分別有各自對應的符籙，天縛靈是用慰魂符；地縛靈是用驅魂符；人縛靈則是用引魂符。至於破縛方面，則同樣都是用三把鹽。

曉潔一手握著驅魂符，另一手抓著銅錢劍，雖然剛剛錯失了一次可以收服這傢伙的機會，不過曉潔非常清楚，對方已經受到許多重創，現在頂多只是困獸之鬥而已。

許漢禹再次朝曉潔攻過來，曉潔站穩腳步，算準了許漢禹攻過來的路線，比起當時在後山湖邊被鬼上身的林家恆來說，許漢禹的速度很明顯要慢上一大截，因此曉潔才得以輕鬆地閃過，並且在閃過之後用腳輕鬆地一勾，將許漢禹給絆倒。

這一次少了詹祐儒的騷擾，曉潔立刻把握住機會，輕聲唸起了對抗地縛靈的口訣。

「貼一張驅魂符，擲三缽破縛鹽。」曉潔一邊唸，一邊將手上的驅魂符朝許漢禹的身上貼下去。

貼好符之後，曉潔順勢伸手到袋子裡，抓起了袋子裡面另外用塑膠袋裝好的鹽，正準備撒向許漢禹的時候，突然察覺到不對勁。

這不是曉潔第一次對付地縛靈，在上次林冠修的事件之中，曉潔就已經面對過自己人生的第一個地縛靈了。

曉潔還非常有印象，當時纏上林冠修的那個地縛靈，一被貼上驅魂符時，立刻有了痛苦的反應。

可是眼前的許漢禹非但沒有這樣的反應，還抬起了腳，朝著曉潔的臉直直踢了過來。

曉潔雖然驚訝，但還是用手擋住了自己的臉，勉強在被踢中臉部之前，擋下了這一腳。

許漢禹這一腳力道雖然不大，仍然將曉潔踢退了幾步。

比起這一腳，剛剛貼上符之後，許漢禹的反應更讓曉潔驚訝，他非但不覺得痛苦，甚至還能動腳反擊，這代表了一個非常重要的意思——這傢伙並不是地縛靈！

雖然曉潔可以想見的是，自己被那些困在宿舍五樓的地縛靈影響，所以才會先入為主認為這傢伙應該就是那些地縛靈之一，不過仔細想想，對於這一個靈體，甚至是那些宿舍五樓的靈體，曉潔都只能確定它們是「縛靈」，而以它們被困在那個地方的情況，順勢判斷為地縛靈，按理說是沒有太大的錯誤，不過曉潔倒是沒有用其他辦法確認過。

因此發現眼前這個傢伙並不是地縛靈，的確讓曉潔的內心受到不小的衝擊，哪怕曉潔非常清楚地知道自己錯在哪裡。

判斷靈體錯誤，這是鍾馗派的大忌。

就連曉潔自己也曾經親眼看過阿吉判斷錯誤之後，陷入什麼樣的困境。

因此知道自己判斷錯誤，讓曉潔不但大受打擊，甚至還有種自己撿回一條命的感覺。

如果對方威力再強大一點，剛剛那一腳可能已經要了自己的命了。

曉潔在心中斥責著自己太過於大意，不過都到了現在這個時候，自己根本不可能有時間與機會去做什麼測驗。

既然已經知道對方一定是縛靈，那麼剩下的可能性也只有兩個了。

不管怎樣都得硬著頭皮試試看了，可是問題就在於，曉潔並沒有準備可以對抗另外兩種縛靈的慰魂符與引魂符，雖然袋子裡面的確有材料可以讓曉潔當場寫符，不過眼下的情況根本不可能讓她好好寫，逃出去的路又被詹祐儒給斷了。

既然這樣的話……也只能想別的辦法了。

看著許漢禹從地板上爬起來，曉潔非常清楚，自己勢必又得要靠著別道來對抗這傢伙了。

曉潔的內心頓時浮現出一陣酸楚。

因為這樣的情況已經不止發生一次了。

這讓曉潔覺得很丟阿吉的臉，明明口訣都記熟了，阿吉也耳提面命過這些該注意的事項，但自己卻總是沒辦法順利照著口訣來做，這讓曉潔對自己有點失望。

如果阿吉還在，肯定會對自己的表現感到十分失望吧？

這正是讓曉潔內心感覺到酸楚的原因。

不過不管曉潔如何難受，眼前的事實還是沒有改變。

雖然說經過了這麼久的時間，一路從祖師鍾馗所傳下來的口訣有許多闕失，但是對於縛靈這個最基本的靈體，還是有非常完整的部分遺留下來。畢竟這可是全部一百零八種靈體之中，最基本的三種啊。自己竟然會連這三種都處理不好，還得狼狽地使用別道，如果阿吉還在說不定早以資質低落將自己逐出師門了。

雖然內心受到了打擊，但是曉潔仍然充滿鬥志，畢竟比起讓阿吉丟臉，更糟糕的是，如果自己被眼前這傢伙打敗，讓流傳千年的口訣就此失傳，那可就嚴重了。

一直到現在，曉潔才深深體會到「忍辱負重」這句成語的含義。

與此同時，許漢禹再度重整態勢攻了過來。

曉潔不想把他逼到絕境，畢竟一旦這些鬼魂自覺毫無勝算並且退無可退之時，就有可能會跟先前在湖邊森林的那個鬼魂一樣，進入自蝕階段，到時候會更加難以對付。

本來曉潔有個萬無一失的陷阱，只要把他逼退，等到他想逃跑的時候，曉潔連追都不用追，就可以等著讓陷阱收拾他，可是偏偏那個陷阱被一個只想著逃命的傢伙給破壞了，因此現在曉潔能做的，就是先破他的縛，斷開她跟許漢禹之間的魂線。

因此許漢禹這次衝過來，曉潔立刻抓起袋子裡面的鹽巴，對準許漢禹的臉迎面便是一撒。

鹽巴除了本身就具有驅邪避凶的功效之外，對於縛靈來說更是一個剋星，這點不管是哪種縛靈都有一樣的效果。

一被鹽巴撒到臉，許漢禹痛苦地摀著臉，不只有許漢禹，就連他肩頭的女鬼也一樣痛苦地摀著臉。

曉潔見狀，立刻二話不說，抓出一把鹽再撒下去，只是這一次對準的正是仍然攀附在許漢禹身上的女鬼。

女鬼被這鹽巴一撒，完全不敢繼續攀附在許漢禹身上，整個向後跳開，曉潔這時撒出第三把鹽，這次則是撒在女鬼跟許漢禹之間。

與前面不同的是，這一次的鹽巴裡面混雜著香灰，因此漫天的鹽巴與香灰飛揚而過之後，許漢禹與女鬼之間浮現出一條若隱若現的綠色透明繩索，連繫著彼此的腳。

看到這條繩索，曉潔知道自己這次對了，這傢伙不是別種靈體，正是自己也曾經是受害者的人縛靈。

當年在么洞八廟的時候，自己的腳也曾經跟一個恐怖的男鬼繫在一起，而連繫兩人的就是跟這條一樣的綠色透明繩索。

確定對方是人縛靈後，讓曉潔士氣大振，舉起了手上的銅錢劍，用銅錢劍指著女鬼說：「人縛靈，這就是妳的名！」

曉潔叫完之後拿起了銅錢劍，朝著兩人之間的那條綠色繩索劈去，在少了引魂符的情況之下，只能用銅錢劍硬劈看看了。

「斷！」

曉潔手起刀落，銅錢劍準確地劈中兩人之間的繩索，那條透明綠色的線也應聲而斷，瞬間消失得無影無蹤。

少了這條繩索，許漢禹像是瞬間被人抽乾了所有力量般，身子一軟整個人癱倒在地上。另一邊的女鬼痛苦地哀號，然後惡狠狠地用充滿恨意的眼光瞪著曉潔。

曉潔知道這樣雖然斷開了女鬼與許漢禹之間的縛靈關係，可是卻不算是真正收服了女鬼，真正的戰鬥可能現在才要開始。

就在曉潔這麼想的時候，女鬼身子突然一震，彷彿被人用一條看不見的繩索套住往外拉，突然朝屋外飛去。

曉潔見了先是一愣，後來明白這是為什麼了。

這女鬼應該跟前一個地縛靈一樣，被拉回宿舍五樓，回到她原本應該在的地方。

明白這點的曉潔，卻更加困惑了。

因為這傢伙明明就是人縛靈，為什麼還會被困在那邊彷彿地縛靈一樣呢？

在人縛靈衝出門外的同時，走廊突然一亮，接著就看到了門外正引頸期盼著曉潔歸來的亞嵐。

「曉潔！」看到曉潔平安無事，亞嵐開心地叫道：「快點出來！」

曉潔這才回過神來，走出屋外，而那人縛靈也一如曉潔所預料的一樣，朝著宿舍的方向而去。

「妳沒事真是太好了，」亞嵐白了一旁的詹祐儒一眼說：「那傢伙一逃出來就把我撞倒，害我繩索都掉了。本來看妳一直沒出來，我還打算衝進去，不過怕給妳添麻煩……」

曉潔笑了笑拍拍亞嵐的肩膀。

「所以，」亞嵐問：「順利解決了嗎？」

「嗯。」曉潔看著詹祐儒說：「那個男的在裡面昏倒了，可以麻煩你們把他抬出來嗎？至少把他送到保健室之類的地方，讓他休息一下應該就沒事了。」

聽到曉潔這麼說，詹祐儒一開始還面有難色，一來他不想要再進去那間屋子裡面，二來他覺得自己比那傢伙他更需要好好躺下來休息一下。

不過看在自己今天晚上惹出那麼多事情的份上，他只能摸摸鼻子，認命地與蔡孟斌兩人一起進去。

看著兩人走進屋內，曉潔這才鬆了一口氣地坐倒在地上。

「妳一定要好好跟我說說裡面怎麼了，」亞嵐笑著說：「這次我都只能站在門口等，真是沒意思。」

曉潔苦笑地點了點頭。

好不容易又解決了一個，這樣一來，就只缺兩個了。

雖然一直到現在，曉潔還是不清楚，為什麼這個縛靈竟然不是地縛靈。

而既然不是地縛靈，為什麼又會像這樣回去宿舍五樓？

還來不及多想，曉潔的手機便響了起來。

一接起電話，就聽到一個熟悉的聲音。

「唐唐嗎？」曉潔沉著臉說：「怎麼啦？冷靜點。」

「曉潔，」電話裡的唐奕竹，聲音充滿了不安：「事情真的不對勁。」

「怎麼不對勁？」

「那個……那個小白，」唐奕竹說：「現在就在我的房門外，好恐怖！我好怕！」

「啊？」曉潔張大了嘴。

現在是晚上七點多，但是曉潔知道，今晚的恐怖說不定才正要開始而已。

第4章・尋找小白

1

在前幾天跟曉潔聊過之後，唐奕竹的心情真的好多了。

不只平靜了一點，也開始逐漸相信一切只是自己的疑神疑鬼而已。

為什麼會這樣呢？

唐奕竹自己也不知道，不過不可否認的是，高二發生的那件事情，的確在自己心裡留下了不可抹滅的傷痕。

至少在經歷過那樣的經驗之後，對整個世界的看法，恐怕都會完全不一樣了吧？

這就好像在宗教集會的時候，許多人口中親眼見證過的神蹟一樣，在經歷了那些，至少對於鬼魂這檔事，唐奕竹完全不敢鐵齒了，甚至只要看到一點風吹草動，唐奕竹就會立刻聯想到鬼魂。

人家說不定只是行動比較輕，存在感比較低，膚色比較白，行事比較低調……如此而已。

但是自己卻把她當成妖魔鬼怪，一想到這裡，唐奕竹就覺得好笑。

唐奕竹甚至感到有點歉意，對於自己就這樣自作主張把一個同學變成了妖魔鬼怪，有種以貌取人的感覺。

在跟曉潔聊過之後，那晚唐奕竹睡了一場好覺，第二天當她走出家門的時候，在陽光與希望的帶領之下，她決定不再為這件事情困擾。

上午一切都如唐奕竹所想的一樣美好，順利上完了課，沒有看到小白，當然唐奕竹也盡可能克制自己，不要太過在意班上的同學，專注在前面講課的老師身上。

下午，就當唐奕竹覺得一切都可以跟上午一樣順利的時候，她的眼角又看到了小白的身影。

小白就坐在那裡，然後跟往常一樣，唐奕竹沒有看到她進教室。

在看到小白的那一瞬間，或許是習慣，也或許是因為心裡還沒有準備好，唐奕竹的心跳仍然漏了一拍。

雖然腦袋裡面一直告訴自己別在意，她就是一般的同學，可是心中的恐懼卻一直逐漸升高。

明明就不想要害怕，但這卻不是一個自己能夠掌控的情緒。

唐奕竹感覺自己又回到了跟曉潔通電話前的自己，唐奕竹非常不喜歡這樣的感覺。於是，她決定強迫自己踏出第一步。

這是一堂兩節連在一起的課，所以中間會有一個下課時間，依照過去的慣例，小白會坐在位子上，不會離開座位。

她要趁這個機會，為自己踏出一步，只要能夠跟小白說上話，她相信自己就不會再這樣胡思亂想！

下課鐘聲彷彿也在呼應著唐奕竹的決定，在這個時候響起。

「好，那我們下節課繼續。」講台前的老師宣布。

班上的同學也很快就切入下課模式，紛紛離開座位。

小白正如唐奕竹所預期的那樣，還是坐在位子上。

唐奕竹深呼吸一口氣，然後從座位站起來，朝著小白而去。

每一步，唐奕竹都覺得異常沉重，心裡的某個角落，發出了不要這麼做的警訊，但是腦海裡面也有一個聲音告訴自己，如果現在不做，她就得永遠這樣恐懼下去。

因此即便心中有千百個不願意，但唐奕竹還是一步步靠近小白。

終於，她來到了小白的身邊。

小白彷彿意識到唐奕竹，身子震了一下，然後緩緩地轉過頭來。

就在兩人四目相接的時候，唐奕竹知道自己錯了，錯得很徹底。

小白的雙眼圓睜，蒼白的臉上浮現出極度震驚的表情，似乎對唐奕竹會來跟自己講話，是件足以讓她訝異到難以置信的事情。

在剛剛決定要來跟小白講話的時候，唐奕竹在心中早就已經想好了開場白，但是看到小白的反應，讓唐奕竹腦海一片空白，張大著嘴，愣愣地看著小白。

小白一臉訝異到了極點，也跟唐奕竹一樣，愣了一會之後開始緩緩地搖起頭來，就好像唐奕竹做了什麼讓她非常不高興的事情。

一開始小白的搖頭還只是緩緩地，然後越來越快，快到唐奕竹都想要叫她不要再搖了。

接著小白突然站起來，停止搖頭的瞬間也張大了嘴。

在唐奕竹還搞不清楚到底怎麼回事的時候，小白嘴裡發出了讓唐奕竹難以置信的叫聲。

「啊！」

小白的聲音極大，讓唐奕竹感覺到耳膜一陣刺痛，她用力摀住自己的耳朵，一連退了好幾步，甚至還撞到後面的桌子，但是那聲音卻仍然穿透唐奕竹的雙手，緊閉雙眼的她感覺到幾乎都快要被這尖叫聲給弄暈了。

突然一隻手碰到了唐奕竹的肩膀，聲音也戛然而止，過了一會之後唐奕竹才有點膽怯地張開雙眼。

「同學，妳沒事吧？」

定睛一看，問唐奕竹的人是班上的班代劉朝蓉，她一臉擔心地看著自己。

「妳是不是身體不舒服？」劉朝蓉問。

唐奕竹還完全搞不清楚狀況，愣愣地看著劉朝蓉，然後看了看小白的位子。

小白已經不在位子上，整個位子空空如也，彷彿從來就沒有人坐在那裡。

「她人呢？」唐奕竹指著小白的位子說：「她去哪裡了？」

「啊？」劉朝蓉一臉訝異，轉過去看了看小白的位子說：「那裡沒有坐人啊，這個位子這堂課一直是空著的啊，妳沒事吧？」

聽到班代劉朝蓉這麼說，唐奕竹臉色瞬間慘白，跟剛剛小白的臉色幾乎快要一樣白了。

唐奕竹一臉驚恐地看了看周圍其他同學，所有人臉上都有種怪異的眼光，完全驗證了劉朝蓉所說的話。

這個人到底怎麼了？大白天的見鬼了嗎？突然摀著耳朵，然後撞桌子，接著還指著沒有人坐的位子問那個人呢？

即使聽不到其他人的心聲，但是唐奕竹的腦海裡面彷彿真的透過他們的表情聽到了這些話語。

不過這些完全不重要，唐奕竹不想多作解釋，跑回自己的位子上，拿起自己的包包，低著頭就往外衝。

唐奕竹在學校附近租了一間小套房，從教室逃出來的她，一路衝回租屋處，並且躲到棉被裡面，即便此刻天氣還有點炎熱，但是唐奕竹卻發現自己渾身都冒出了冷汗。

接著在這一陣恐懼與後悔的情緒之中，她昏昏沉沉地在床上睡著了。

不知睡了多久，突然驚醒過來的唐奕竹，整個人從床上跳起來。

還沒完全清醒的她，一時之間還覺得自己只是做了一場夢，在學校發生的一切，都只是在夢境中發生的事情。

一陣敲門聲，將唐奕竹拉回了現實。

說是敲門聲，但聲音卻不是非常清脆，反而有種像是什麼東西輕輕撞著門的聲音。

這怪異的沉悶敲門聲，讓唐奕竹沒來由地感覺到一股恐懼感。

雖然很想要置之不理，但是這敲門聲似乎也沒有停下來的打算，因此唐奕竹還是從床上爬起來，一步步靠近門前。

心中的恐懼也隨著靠近門前逐漸擴大，門上的貓眼看起來彷彿是個可以窺視地獄的偷窺孔一樣。

不過比起未知的恐懼，唐奕竹還是打算看個究竟。

當她靠上貓眼朝著裡面一看，恐懼感瞬間在體內爆發開來。

小白來了，就站在她的門外。

2

電話中，唐奕竹向曉潔哭訴關於小白出現在自己門口的事情，驚覺事態嚴重的曉潔，告訴唐奕竹自己會立刻趕過去，要她把門鎖好，盡可能不要開門跟小白直接接觸，結果話還沒說完，唐奕竹那邊突然傳來尖叫聲，接著電話就斷訊了。

不管曉潔怎麼回撥，都沒有辦法跟唐奕竹取得聯繫。

擔心唐奕竹安危的曉潔，雖然才剛經歷過一場惡鬥，身心都感到疲累，但她還是決定立刻南下去找唐奕竹。

亞嵐在得知之後，也堅持要跟曉潔一起南下，兩人便一起搭乘南下的客運。

然而坐在位子上的曉潔，腦海裡面還是有點混亂，對於唐奕竹到底遇到什麼樣的情況，她仍舊沒有頭緒。會在畢業之前將所有同學集結在一起，其實曉潔還有一個沒有跟其他人說的原因。

高二的那一個學期，對當時普二甲的學生來說，或許只知道身為老師的阿吉，曾經在一次恐怖的事件之中，捨身拯救過她們，但是對曉潔來說，卻不只這樣。

打從學期之初，這些同學就陸陸續續受到各種不同靈體的危害，而守護這些同學的人正是阿吉。

這也正是為什麼後來在班上甚至成立一個阿吉後援會的原因，那些成員幾乎都是阿吉拯救過的人。

阿吉一直守護著普二甲的學生，直到他失蹤為止。

而身為阿吉唯一的弟子，曉潔想要代替他完成這個即便冒著生命危險也要完成的使命。她希望可以代替阿吉，守護這些同學。

然而現在看起來，這個任務遠遠比她自己所想像的還要困難。

坐在開往台中的車上，曉潔腦海裡面不斷想著唐奕竹的情況。

這到底是什麼情況呢？一個只有自己才看得見的同學？

即便想破曉潔的腦袋，也沒有辦法想到口訣裡面有任何靈體跟這個有關聯。

「我記得，」坐在曉潔旁邊的亞嵐說：「好像有一部電影，印象中是香港的電影，故事是說一個從大陸來的親戚，其實在來的路上已經往生了，但是他卻不知道自己已經往生，所以大家都還是看得到他，並且把他當成了一般的活人，一直到後來，有人揭露了這個事實，那個親戚才去投胎之類的。我很小的時候看的。」

曉潔點了點頭。

在鍾馗派，天地人分別代表著不同的意義，以縛靈的情況來說，所謂的地縛靈，就是被綁縛在一個地方的靈體，無法脫身或者不願意脫身。

而人縛靈顧名思義就是綁縛在人身上，而且可能一個傳一個，就跟曉潔當初遇到的一樣。

至於天縛靈，就是除了另外兩個之外的情況，主要是綁縛在物品上或者是一些曾經發生或還沒有發生過的事件上。

以亞嵐所說的這個電影案例，因為死前受到的衝擊太大，因而忘記或者根本不知道自己已經死亡的情況，並不算是罕見的情況。

這種情況，一般就是天縛靈，在口訣裡面就是所謂的「不識己亡而縛於生」，正是天縛靈其中的一種。

曉潔將這件事情告訴亞嵐，在解說的同時，亞嵐聽得津津有味，一知道自己看過的電影很有可能是真的，讓亞嵐非常興奮。

見到這樣的亞嵐，曉潔真的也只能苦笑，日文中所謂的惡趣味，大概就是這樣吧？

亞嵐對於恐怖、靈異與不可思議的事情，真的沒有抵抗力。

「所以妳覺得妳同學的情況是這樣嗎？」亞嵐問：「天縛靈？」

「是有這個可能，不過……」曉潔講到一半，就被一陣吵雜的鼾聲打斷。

亞嵐與曉潔一起回頭白了鼾聲的主人一眼，只見詹祐儒張大了嘴，沉沉地睡在椅子上。

「我不懂的是，他到底跟來幹嘛？」亞嵐瞪著詹祐儒說。

曉潔聳了聳肩。

「這傢伙真的是陰魂不散啊，」亞嵐搖搖頭，學起詹祐儒講話：「學妹的同學有難，我怎麼可能袖手旁觀？什麼東西啊！」

兩人瞪了詹祐儒一會，但是詹祐儒渾然不覺，仍舊仰著頭呼呼大睡。

「妳剛剛說不過怎樣？」亞嵐將話題帶回來。

「不過按理說，這種情況看得到小白的，不應該只有唐唐一個人而已。」

「嗯。」亞嵐點了點頭，的確在電影之中，幾乎所有人都看得到那個已經死亡的親戚，並且還把他當成活人。

「不過我覺得妳的方向應該是對的，」曉潔摸了摸下巴說：「我也曾經想過，那個小白會不會是以前在那間學校讀過書的學生，然後死了之後，陰魂不散之類的……」

「妳有看過伊藤潤二的漫畫嗎？」突然想到什麼的亞嵐問曉潔。

曉潔側著頭想了一下，然後搖了搖頭。

「他是日本一個非常有名的恐怖漫畫家，」亞嵐說：「他有一篇很有名的故事，叫做富江。」

亞嵐跟曉潔解釋，富江的故事是說一個非常漂亮的女同學，名字叫做富江，擁有超人一般的魅力，會讓男人深深著迷，甚至著迷到想要毀滅她，然而她本身跟妖怪一樣，具有非常驚人的再生能力，因此即便不斷被殺害，也可以一直復活。

「當然我知道，」亞嵐說：「跟妳同學的情況差很多，應該不可能是這樣，不過聽完妳同學的故事，其實讓我有點想到富江……怎麼啦？」

說到一半的亞嵐，看到曉潔的臉色越來越怪異，不禁停下來問道。

「嘟嘟，妳真是個恐怖靈異事件的天才。」曉潔不禁笑著搖頭說。

「啊？」

「先說妳的富江好了，」曉潔停頓了一會之後對亞嵐解釋：「雖然實際上跟口訣有點出入，不過從幾個主要的特徵聽起來，富江其實就是我們口訣裡面所稱的魅。」

「魅？」

「嗯，」曉潔皺著眉頭說：「魅之食其魂、竊其身。以人魂為食，竊人身為居，是魅最明顯的特徵。不過魅還有其他很多不同的情況，像是妳剛剛說的富江，其實就是人魅靈的一種，雖然細節有些地方不太一樣，不過大致上是一致的，就好像我們華人世界說的狐狸精，其實就是人魅妖，兩者都是幻化為人而魅其心，以食其魂。只是不同的是一個是妖，一個是靈。」

「嗯，」亞嵐似懂非懂地點著頭說：「不過這跟妳同學有什麼關係？」

「這就是我說妳天才的地方，」曉潔笑著說：「如果不是把妳現在和先前跟我說的合在一起，我壓根兒不會想到是魅，主要的原因就是魅其實很會玩弄他人心智，尤其是以異性之間居多，不太會像這樣只是跑去上課。不過如果把妳先前跟我說的考慮進來，就是妳說妳會先考慮她的目的，似乎就比較容易想通了。」

「啊？」亞嵐一臉困惑。

「就像口訣中說的，」曉潔解釋：「魅之食其魂、竊其身。魅最終的目的，絕大多數都是為了竊取別人的肉體，讓自己可以回到陽世。然而實際上還有另外一種回到陽世的方法，這是在……另外一個口訣之中。」

「另外一個口訣？」亞嵐一臉狐疑：「你們還不止一個口訣啊？」

當然曉潔這邊所說的，正是當年呂偉道長所遺留下來的口訣，主要就是為了補足原始口訣不足的部分，不過這當中的恩恩怨怨與始末，曉潔還沒能夠告訴亞嵐，現在也不是時機。

「簡單來說，」曉潔只能笑著解釋：「就像是補充教材的口訣。裡面有提到關於魅，還有另外一種回到人世間的方法。」

「喔？」

「就是，」曉潔接著說：「魅惑其他人，讓她的存在成為一種幻象。像這種情況，她並不需要血肉之軀，只需要一段時間，慢慢魅惑其他人就可以了。只要這樣，就算沒有肉體，但是在其他人沒有懷疑的情況之下，就好像真的活著一樣。」

坐在旁邊聽著曉潔解說的亞嵐，一開始先是微微點著頭，接著突然用力點了起來，最後興奮地說：「我知道！就像《哆啦A夢》裡面的『如果電話亭』，我印象中很小的時候看過，就是哆啦A夢剛到的時候，因為大家都不認識他，所以他就用那個電話亭，讓大家都變得認識他，對他的存在非常理所當然。哼哼，想不到小叮噹也是個妖魔鬼怪啊。」

聽到亞嵐這麼說，曉潔笑了出來，不過情況或許就像亞嵐說的一樣，這就是魅魔的另外一種型態。

對曉潔來說，如果真的是這樣的話，可以算是一則以喜，一則以憂。

喜的是魅多半不太殺人，尤其是這種型態的魅靈，多半為了想要讓周遭的人相信它的存在是真實的，所以傷人或殺人比較罕見。憂的是這種魅靈只有在一種情況之下極為危險，就是當它的存在受到挑戰，或者可能被揭穿的時候，它們多半會不擇手段。

現在曉潔只能祈禱，事情並沒有來到不能解決的地步。

就在曉潔這麼想的時候，車子緩緩停了下來，她們的目的地已經到了，答案也即將揭曉。

3

三人下了車之後，便一路直往唐奕竹的租屋處而去。

在最後的那一通電話之中，雖然唐奕竹沒有辦法講完電話，不過她卻有給曉潔她住處的地址。

三人攔了一輛計程車，力求在最短的時間之內，趕到唐奕竹的住處。

一路上，詹祐儒一直講著搭乘計程車有多危險，還好自己有跟來之類的話，惹得計程車司機氣得差點把他趕下車。

好不容易到了唐奕竹的住所，曉潔還擔心萬一趕到了，唐奕竹不在怎麼辦，要怎麼聯絡房東來開門之類的問題。

不過當三人來到門前，才發現唐奕竹的大門並沒有完全關上。

「唐唐，」曉潔率先步入屋內：「我是曉潔，妳在嗎？」

房間裡面空無一人，只剩下唐奕竹的手機掉落在地上，唐奕竹就這樣失蹤了。

唐奕竹承租的套房坪數不大，大約只有六、七坪，其中包含了浴室，因此空間很狹小，放了一張單人床與書桌之後就沒多少空間了，算是非常普通的學生套房。

三人分頭看了一下，確定唐奕竹不在房間裡面之後，曉潔從袋子裡面拿出了一支香，找個地方插好之後，將香點燃。

「學妹，」詹祐儒見了皺著眉頭說：「人家說不定只是去吃消夜，妳現在就祭拜不會有點太那個了嗎？」

「誰在跟你祭拜啊，」曉潔白了詹祐儒一眼說：「你別亂動人家房間裡面的東西，到那邊坐好。」

被曉潔制止的詹祐儒，本來還想打開抽屜看一下，被制止後不敢造次的他，照著曉潔所說的，乖乖到書桌前坐好。

曉潔撿起了掉在地上的手機，打算看看手機裡面的通訊錄，可不可以找到她現在大學的同學，聯絡看看說不定可以問到一些眾人不知道的情況。

當然，目前還不能排除情況真的有如詹祐儒所說的一樣，她真的只是出門去吃個消夜，不過就情況來說，曉潔不敢對這樣的想法抱持任何一點希望。

然而非常遺憾的是，唐奕竹的手機設有密碼鎖，因此曉潔沒有辦法打開。

在這種情況之下，曉潔唯一能做的就是等待，等著那炷香燒完，相信那炷香會給曉潔一個最後的答案。

三人就這樣靜靜地待在唐奕竹的宿舍之中，或許是因為鄰近夜市的關係，窗外還不時有人車往來的聲息，如果不是發生這樣的事情，唐奕竹的大學生活應該會很愉快吧？把過去發生的那些事情，拋在腦後，踏上自己嶄新的旅程。

可是現在看起來，連這樣簡單的願望，都變成了奢求。

這不免讓曉潔想起了那起事件，以及阿吉與阿畢。

曾經他們就像是自己與亞嵐現在這樣，是一對很要好的朋友吧？

曉潔望向亞嵐，她完全無法想像自己與亞嵐變成阿吉與阿畢最後那樣，必須要拚得你死我活的情況會是什麼樣的感覺。

那時候的阿吉肯定很痛苦吧？

面對著眾叛親離的場面，面對著自己墮入魔道的親友，自己卻孤身一人。

剎那間，曉潔想到一件事情，自己在學會口訣之後，便一直覺得有一股壓力，一種傳承了某種即將失傳的技藝，並且需要將它傳承下去的責任感，壓得曉潔覺得自己透不過氣來。尤其是曉潔對於成為道士這件事情，更是完全沒有興趣，也不敢想像。

不過阿吉不也是如此嗎？

拒絕繼承呂偉道長的衣缽，跑到女子高中擔任老師，不正是阿吉的夢想嗎？而自己所有的口訣，不也正是從他身上傳承下來的嗎？

同樣的責任，同樣的無奈，同樣的壓力，也曾經重重地壓在阿吉的身上，但是阿吉卻仍然一副樂天的態度，反觀自己……

「曉潔，妳還好吧？」看著曉潔沉重的臉，亞嵐擔心地問著。

曉潔搖搖頭，表示自己沒事。

「那個，香燒完了。」亞嵐指了指那根插在桌子旁邊的香。

「嗯，」曉潔站起身來，走到香的旁邊，正準備去碰香的時候，突然停下手來，轉過頭對著亞嵐說：「還是嘟嘟妳來吧。」

「我來？」

「嗯，」曉潔笑著點點頭說：「妳試試看，撚一下那個香灰，然後在手上搓搓看。」

亞嵐半信半疑地走到香的旁邊，照曉潔所說的做，撚了一小段香灰，搓一下，臉上立刻浮現出疑惑的表情。

「這在我們這一派稱為濕灰，」曉潔解釋：「口訣裡面說這種情況就叫做『含水不滅鬼作祟』，當有靈體在一個地方作祟，都會在那個地方留下一些氣味，這些氣味雖然我們聞不到，但是卻會留在香上，這種味道跟屍臭味有點像，加上香本身會變得好像沾濕了一樣，因此我們才會叫它濕灰，有點帶有諧音的意味。」

亞嵐聽了將香灰拿到鼻子下一聞，果然傳來一陣令人作嘔的屍臭味，立刻將手拿開。

「好酷！」亞嵐興奮地說：「想不到香竟然可以那麼酷！只要是香就可以嗎？還是香要經過特別的處理？」

「一般的就可以，」曉潔苦笑地說：「我就知道妳一定會喜歡這種東西。」

「因為真的很酷啊！」亞嵐說：「不過……香變成這樣，是不是也意味著……」

「嗯，」曉潔沉下臉點了點頭：「我同學可能真的遇到……」

情況的確跟亞嵐說的一樣，既然香變成這樣，就代表近期曾經有鬼魂在這個地方作祟。

「那我們現在——」亞嵐話還沒有講完，一旁就有一個聲音打斷了她。

「那個……」一個女生的聲音從門口的方向傳來：「請問你們是誰？唐奕竹在嗎？」

三人轉過頭去，看到一個女大生就站在門口，三人剛剛進來的時候，並沒有將大門關上，因此這個女大生才能這樣直接就進來了。

「妳好，」曉潔回答：「我叫葉曉潔，是唐……奕竹的高中同學，請問妳是？」

女大生向三人自我介紹，原來她叫做劉朝蓉，是唐奕竹大學班上的班代，因為很擔心唐奕竹的狀況，所以照登記的住址過來看看，關心一下她的情況。

劉朝蓉的出現，對曉潔來說真的有如及時雨，畢竟一時之間曉潔還真的不知道該上哪去找唐奕竹的同學打聽。

把握住這個機會，曉潔立刻向劉朝蓉詢問唐奕竹在班上的情況，劉朝蓉便將白天唐奕竹突然在班上失控的事情告訴曉潔。當然劉朝蓉並沒有看到小白，不過從劉朝蓉的敘述聽起來，曉潔也大概知道怎麼回事了。

曉潔猜測唐奕竹應該是試圖想要跟小白接觸，結果反而讓小白判斷為威脅到她存在的人，因此才會找上門來。

看樣子真的是魅，曉潔心裡想。

在考慮了一會之後，曉潔將自己之所以會來這裡的原因告訴了劉朝蓉。

她告訴劉朝蓉就是因為兩人講電話講到一半，突然聽到唐奕竹尖叫，才會特別趕下來看，結果趕來的時候，唐奕竹已經失蹤了。

當然，曉潔有刻意避開關於小白以及靈異方面的事情，畢竟在這種情況之下，如果將這些事情貿然說出來，只會惹上不必要的麻煩。

豈料劉朝蓉一聽到唐奕竹失蹤，臉色頓時驟變。

察覺到劉朝蓉臉色不太對勁的曉潔，追問了一下，這才從劉朝蓉的口中得知，唐奕竹並不是這個班上第一個失蹤的人。

「啊？」這讓曉潔等人感到訝異。

在劉朝蓉的解釋之下，三人才知道原來開學前，班上就有一個同學失蹤，不過因為還沒正式開學，根本就沒人見過那位學生，加上校方刻意隱瞞，以免影響這些新生的情緒，因此除了看過班級名冊的班代之外，班上的同學都不知道有同學失蹤的事情。

雖然目前還不能確定那位同學的失蹤，跟唐奕竹還有小白有沒有關聯，不過曉潔認為這是個非常值得參考的情報。

在思考過後，曉潔向劉朝蓉表示希望可以在明天上課的時候去他們班上看看。

劉朝蓉點頭，雙方約定時間後，劉朝蓉才離開。

雖然曉潔一度向另外兩人表示，希望他們可以回去，畢竟明天還有課，自己則打算留下來，不過不管是亞嵐還是詹祐儒都不願意離開。

三人就這樣留在了唐奕竹的租屋處，打算天亮之後，就跟著劉朝蓉去他們班上看看，雖然這麼說，但是此刻就連曉潔也不知道，看過之後是不是真的可以得到答案，更不知道自己是不是真的可以找到唐奕竹，並且將她從魅靈的手中救出來。

當然，曉潔與亞嵐完全沒有想到，明天當他們真的去教室的時候，會有另外一種出乎意料之外的恐怖席捲而來。

4

那天晚上，曉潔等三人在唐奕竹的租屋處休息，雖然很疲累，但是曉潔實在沒有什麼心情睡，一直反覆在心中默唸著魅的口訣，希望明天去唐奕竹班上的時候，可以得到比較多的線索，所以最後也只有趴在書桌上稍微睡一下而已。

第二天天才剛亮，三人去買了簡單的早餐吃完之後，劉朝蓉便出現在租屋處，帶領三人前往學校。

雖然昨天經過了一天的折騰，先是上完一整天的課，接著下課對付人縛靈，然後接到唐奕竹的電話，又風塵僕僕地趕到台中，不過稍作休息之後，曉潔感覺有精神多了，但還是有點擔心等等在課堂上會不會睡著。

要是睡著了，那就一點意義也沒有了。

跟著劉朝蓉走入大學之中，一大早學生還有點稀疏，三人與劉朝蓉來到了今天他們預定上課的教室。

這時距離上課時間只剩不到十分鐘，因此班上已經有許多同學坐在位子上，劉朝蓉在帶三人來到班級之後，便自行去找了位子坐下。

為了方便觀察到全班的同學，也為了掩人耳目，低調不要讓太多人發現，曉潔與亞嵐挑選了教室後方最角落的位子坐了下來，渾然不知她們即將面對全面失控的恐怖場面。

一開始的騷動，是從前方不遠處的一群女同學引起的。幾個女孩懶洋洋地等待著上課時間到來，勉強睜開那仍然有點睡眼惺忪的雙眼環顧教室，然後目光掃到了在教室後方曉潔等三個陌生人的身上。

在看到曉潔與亞嵐的時候，女孩臉上還一度浮現「這誰啊？」的表情，接著當目光轉移到詹祐儒身上時，那原本睡眼惺忪的雙眼，立刻突然圓睜瞪視，然後臉上頓時出現「不會吧！」的表情。

女孩立刻拍了拍附近的好友同學，用手指著詹祐儒，然後跟她們說了些什麼，女孩們頓時引起了一陣騷動。

「小祐祐！」其中一個女孩大聲叫道。

這一聲彷彿揭開一場混亂的開場提示，接著從那群女同學開始一擁而上，瞬間將詹祐儒給包圍，並且不時還有人尖叫，一直叫喊著「小祐祐！」。

曉潔跟亞嵐一臉訝異，完全不知道發生什麼事情，只見詹祐儒一臉得意，被這群不知道中了什麼邪的女孩包圍。

女孩們非常興奮，一會要詹祐儒簽名，一會又要合照，搞得教室一時之間混亂至極。

不只有曉潔跟亞嵐一臉訝異，就連班代劉朝蓉也是一臉茫然地靠過來。

「怎麼，」劉朝蓉必須大聲一點說話，才能在一片歡叫聲中，將聲音傳到曉潔跟亞嵐的耳中：「妳們的朋友是藝人嗎？」

這時透過那些女同學的叫聲，以及過去詹祐儒幾乎只要一有機會就會拿出來說嘴的話中，曉潔也大概了解到，這些女同學應該就是那個當紅大學生節目的忠實觀眾，而「小祐祐」正是那個節目主持人給詹祐儒的外號，因此她們才會一見到詹祐儒就好像真的見到偶像明星一樣，爭先恐後地要跟他簽名與合影。

整間教室也因為這樣鬧哄哄地混亂成一團，讓曉潔跟亞嵐完全無言了。

這非但不低調，還給人家帶來困擾，帶他下來真是一件錯事。這樣的想法不約而同地浮現在兩人的腦海之中。

「這也太誇張了。」曉潔冷冷地說。

然而曉潔不知道的是，雖然這個班級的男生人數用兩隻手就能數完，但是因為這群女同學的吵鬧而回過頭的男同學們，在發現曉潔的存在之後，個個也是眼睛為之一亮，久久不願把頭轉回去。

那群女同學持續亢奮到上課鐘聲響起，才依依不捨地回到位子上，可是即便回到座位，仍然不時回頭看向坐在後面的詹祐儒。

眼看原本想要低調混入教室，卻被詹祐儒這個耀眼的明星給弄得光芒四射，曉潔沒有辦法，只能趁著老師還沒來之前，起身請求詹祐儒離開教室。

「你知道我們是來查事情的，」曉潔搖著頭說：「你這樣引人耳目，我們等等很容易就會被發現。」

「我也沒辦法啊，」詹祐儒一臉無奈，攤開手說：「這種魅力不是說放就放，也不是說收就能收啊！」

「……你可以離開教室。」曉潔冷冷地說：「把你的魅力一起帶走。」

聽到曉潔這麼說，詹祐儒扁著嘴一臉無辜地站起身來，眼看詹祐儒要離開教室，教室裡面瞬間又陷入一片混亂，曉潔也成為眾矢之的，幾個衝動一點的女同學，幾乎就要衝到後面來跟曉潔拚命了。

好在詹祐儒承諾他的眾粉絲們，會留在校園等待她們中午下課，跟她們一起餐敘，這才平息了眾人的怒火。

當然到最後，詹祐儒得以留在教室，而他也答應曉潔會約束他的粉絲，要她們專心上課，事情才算勉強平靜下來。

不需要去找魅靈了，這傢伙根本就是個魅靈！

坐回位子上的曉潔，超級無奈地想。

這已經不是第一次自己為了詹祐儒而成為眾矢之的，在自己的大學裡面，一直到現在都還把曉潔當成壞人的大有人在，想不到來到這所學校，自己也是三兩下就成為眾人攻擊的目標，讓曉潔有種想要掐死詹祐儒的感覺。

儘管有了這個對曉潔、亞嵐來說都超級恐怖的插曲，但三人也總算是混入班上，開始了今天的課程。

教室並沒有坐滿學生，還有幾個空位，曉潔清楚地記下每個位子，並且將柚葉拿出來，含在嘴中。

唐奕竹大學選擇的是商學院，因此課堂上老師所上的東西，對亞嵐與曉潔來說，有種新鮮的感覺，因此上起課來還算挺輕鬆的。

而且或許是因為剛開學沒多久的關係，所以老師對於課堂上多了這三個新同學，也沒有察覺異狀。

只是一連四堂課下來，亞嵐與曉潔都沒有見到小白。

就在曉潔還苦惱著到底該怎麼辦的時候，詹祐儒又再度被粉絲包圍，要他兌現一起餐聚的承諾。

「放心吧，」詹祐儒拍著胸脯對曉潔說：「就讓我用我明星的光環與個人的魅力來幫妳打聽，相信我，妳們先回她的住處等著，我跟她們一起去吃午餐，我一定可以幫妳打聽到小白的消息。」

雖然曉潔與亞嵐對詹祐儒完全不抱有任何希望，但事到如今也沒有別的辦法，兩人也只能看著詹祐儒一臉幸福，被女粉絲們簇擁著離開的背影，然後黯然地回到租屋處等消息。

只是她們做夢也沒有想到，詹祐儒其實遠比她們想像中還要有用。

第5章・來回奔波

1

一開始包圍著詹祐儒的女同學，還只有唐奕竹班上的女同學，誰知道因為一群人圍成一團這樣招搖地移動著，很快就引來眾多目光，一路上又多了很多認出了詹祐儒的女同學。眾人在附近找了家餐廳，幾乎以包場的方式，將餐廳擠得水洩不通。

人滿為患的餐廳之中，只有詹祐儒一個男性，樂得他嘴都合不攏，完全陶醉在這宛如巨星般待遇的圍繞之中。

「天啊，他真的跟電視上一樣可愛耶！」

「就是說嘛，我朋友一定會羨慕死我。」

「他真的超帥的。」

讚美的聲浪宛如海嘯般襲來，在這股氛圍之下就連老闆與員工都過來要求合影，還讓詹祐儒在牆上簽字，即便老闆壓根兒不知道詹祐儒是誰。

好不容易打發完路上跟來的其他女同學，餐點也送到了，眾人才不甘不願地離開詹祐儒身邊，回到位子上，場面也終於安靜了一點。

詹祐儒抓住這個機會向唐奕竹班上的同學打聽一些關於小白的事情。

「皮膚、臉色很白的女生？在我們班？」

「總是上課上到一半才突然出現在位子上？」

「沒有啊，完全沒有見過，討厭啦，小祐祐你怎麼一直問別人的事啊？」

「先不說那個女生了，小祐祐你平常最喜歡做些什麼消遣？」

就是像這樣，每跟一個同學問完之後，總是要被反問幾個問題。

不過詹祐儒還是盡可能一個個問，然而耗費不少時間，得到的答案卻讓人非常失望，幾乎沒有任何人對小白有印象。

眼看午休就快要結束，下午第一堂課要開始了，女同學一個接著一個離開餐廳，詹祐儒卻什麼也沒問到，而由於人數有點多，詹祐儒記憶力又不好，差不多問到第十個後，詹祐儒甚至忘記自己到底問過哪些人，哪些人沒問，甚至連唐奕竹班上的同學有哪些人都忘了。

如果可以幫曉潔救出高中同學，詹祐儒相信曉潔肯定會對自己刮目相看，到時候曉潔也會像這些人一樣，殷殷期盼著自己的關愛吧！

這應該是個非常如意的算盤，尤其是詹祐儒對自己的魅力與口才非常有信心，他相信只要他願意而對方又是女生的情況之下，絕對沒有自己問不到的八卦或情報。但是到了此時此刻，詹祐儒開始感到動搖，他甚至彷彿看到曉潔的背影正一步步離自己遠去。

「不！」詹祐儒心中的那個自己，伸長了手叫喚著曉潔：「再給我一點時間，我一定可以問到的！」

詹祐儒感覺自己已經急到快要飆出淚來了，看著一個接著一個同學因為要上課而離開，機會也越來越渺茫。

詹祐儒的眼眶浮現出焦急的淚水，看在其他女同學眼中，還以為他正在為這些粉絲要離開去上課而難過。

想不到他竟然如此重視粉絲，讓這些女同學更加感動。

殊不知在詹祐儒的心中，卻是焦急著想要在僅存的同學之中，找到剛剛還沒有問到的同學，並且從她口中得到任何關於小白的情報。

就在這個時候，詹祐儒的目光被一個坐在角落的女同學吸引住。

女同學靜靜地坐在那邊，跟其他人有著強烈的對比。詹祐儒不記得這女同學是不是自己的粉絲，更不知道她坐在那邊多久了，只知道當自己留意到的時候，她就一直維持著相同的姿勢。

詹祐儒的角度沒能看到她的正面，因此他歪著身子，想要看清楚女同學的臉，就在這個時候，女同學彷彿也察覺到了詹祐儒的視線，雖然身體仍舊維持著相同的姿勢，但是頭卻緩緩地朝著詹祐儒轉過來。

就在女孩轉過來的同時，詹祐儒一看到女孩的側臉，手臂上的雞皮疙瘩立刻浮現出來，那是一張慘白的臉龐。

在詹祐儒的印象之中，自己從來不曾見過有人的臉如此慘白。

在詹祐儒訝異的同時，女孩的頭仍舊不停朝詹祐儒轉過來，幾乎都快要一百八十度了，這才停下來，雙眼直直瞪視著詹祐儒。

此刻詹祐儒的腦袋，跟女孩的臉色一樣慘白一片。

還沒來得及反應過來，那女孩張大了嘴，接著發出一陣令詹祐儒不得不摀住耳朵的尖叫聲。

「啊——」

詹祐儒感到耳膜一陣刺痛，那聲音彷彿可以穿透摀住耳朵的手，直接鑽向自己的耳膜並且直竄腦門的感覺。

詹祐儒向後一仰，整個人連人帶椅跌到了地上，那聲音卻沒有絲毫停歇，仍舊宛如一把插入腦中的刀子不停攪動般讓詹祐儒感覺到痛苦，一直到感覺有人從旁邊一把抓住他的肩膀，那令他痛苦的尖叫聲才戛然而止。

定睛一看，扶住他肩膀的人是剛剛跟自己一塊來的粉絲之一。

「小祐祐，你沒事吧？」那粉絲一臉擔憂地問。

詹祐儒猛力站起身來，望向剛剛那慘白臉龐的女子方向，但是此刻那位子卻是空無一人，就連桌上都沒有半點東西，彷彿一直都沒有任何人坐過那個位子一樣。

詹祐儒的臉色極為難看，然而他很快就發現，不只有他自己臉色鐵青，就連那些唐奕竹的同學們臉色也變得有點難看。

因為類似的場景，她們昨天才看過，班上有個女同學跟詹祐儒一樣，突然摀著自己的耳朵，然後跌撞在地上。

看著她們的臉色，詹祐儒知道，自己雖然沒有問到小白，但是卻得到了比從她人口中得到的任何情報還要來得更恐怖也更真實的經歷。

詹祐儒相信自己親眼見到小白了。

2

回到租屋處的詹祐儒非但臉色慘白，渾身顫抖，並且還冒著冷汗。

光是看到他這個樣子，讓曉潔與亞嵐都嚇了一跳。

「哇，你的粉絲到底把你怎麼啦？」亞嵐一臉訝異。

詹祐儒沒有回答，坐在椅子上還是顫抖喘著氣，直到曉潔給了他一杯熱水，讓詹祐儒喝下去之後，心情才稍微平靜一點。

過了良久之後，詹祐儒才將剛剛的事情經過，以及自己很可能親眼目睹小白的情況告訴了兩人。

想不到詹祐儒沒有打探到小白，竟然是直接遇到了小白，讓曉潔跟亞嵐都覺得有點訝異。

「你的魅力……原來是人鬼通用啊？」亞嵐笑著說。

詹祐儒白了亞嵐一眼，一臉「我已經那麼慘了，妳還有心情說笑？」的表情。

然而不只有亞嵐訝異，就連曉潔也完全沒有想到，兩人上完一個上午的課，聽了一堆關於亞當斯密與他那隻看不見的手，都沒能遇到小白，而詹祐儒不過去左擁右抱一下，就可以遇到了。

「也就是說，」亞嵐笑完之後，想了一會說：「如果你遇到的那個人真的是小白的話，那麼，你也會跟曉潔的同學一樣……人間蒸發囉？」

雖然亞嵐的反應一直都沒有很快，有時候腦筋也沒有那麼靈活，但是只要一跟恐怖有關聯，亞嵐真的有如曉潔說的一樣，有著近乎天才的反應與邏輯。

聽到亞嵐這麼說，詹祐儒好不容易稍微有點血色的臉立刻又刷白，猛然轉過頭看著曉潔，似乎在等待這位專業人士給個可以讓他安心的答案。

無奈，曉潔愣了一會之後，緩緩地點了點頭。

這讓詹祐儒整個人癱軟，差點從椅子上滑下來。

「那、那……那、那……那怎麼……怎麼辦？」詹祐儒有點語無倫次地說：「我、我、妳們得要想想辦法啊！」

曉潔點著頭說：「我知道，我正在想……」

沉吟了一會之後，曉潔皺著眉頭說：「我覺得一件一件來，首先還是要先確認你看到的那個人，到底是不是小白。」

「怎麼確認？」亞嵐問。

如果是在么洞八廟裡面，曉潔絕對可以輕鬆就拿出道具來測驗，偏偏現在人在外面，沒有那麼方便。

曉潔翻著自己的袋子，想要找找看裡面有沒有什麼適合的東西，尤其是在曉潔目前對口訣還沒有那麼熟悉，實務經驗也少得可憐的情況之下，沒辦法像阿吉那樣，一下子就想出辦法來。

翻了好一陣子之後，曉潔從袋子裡面掏出八卦鏡。

「現在沒有適合的東西，這個就先試試看吧。」

曉潔將八卦鏡交到詹祐儒的手上。

「你把八卦鏡貼在額頭上，」曉潔對著詹祐儒說：「對，然後右邊一點，正中間，好。不要動維持一分鐘左右，時間到我會跟你說。這個試驗雖然不是針對魅靈的，不過簡單來說，大概就是測驗你有沒有被鬼纏上。」

等了一分鐘之後，曉潔要詹祐儒將八卦鏡放下，八卦鏡才剛放下，亞嵐立刻在旁邊倒抽一口氣。

只見詹祐儒額頭上剛剛貼著八卦鏡的地方，現在烏黑一片，就好像沾到了碳粉一樣。

「八卦鏡一直都是驅魔避邪的好東西，」曉潔說：「人家說遇到鬼會印堂發黑，其實也是源自於這樣的試驗，就算沒有八卦鏡，只要有道行的人，就有機會可以看得出來，不過因為你額頭的皮膚偏黑，所以我也不知道那是不是你比較天生的膚色，不過用八卦鏡的話，就會顯現得非常明顯，像現在這樣。」

「所以呢？」詹祐儒急著想要知道結果。

「你那邊就好像剛剛貼過煤炭一樣，」亞嵐將八卦鏡擦乾淨之後壓著自己的額頭說：「你說呢？」

這麼新鮮的招式，亞嵐當然迫不及待拿來試試看，在壓了一分鐘後，拿下來一看，八卦鏡上面還是很乾淨，跟詹祐儒的情況有著天壤之別。

看到這樣的反差，就連詹祐儒也知道自己真的惹到了不乾淨的東西，哭喪著臉。

「學妹，」詹祐儒轉向曉潔哀號道：「妳一定要幫我啊。」

「噓，」曉潔皺著眉頭說：「別吵，我正在想辦法。」

聽到曉潔這麼說，詹祐儒立刻閉上了嘴巴，不敢多說話。

對抗魅靈最重要的八卦鏡、香燭與符，曉潔的確有帶在身上，符的話只要寫一下就可以了，所以道具方面，應該不成問題，然而這卻是以想要收服魅靈為前提之下需要的法器。

現在唐奕竹失蹤，如果就這樣直接收服魅靈，可能就沒有辦法知道唐奕竹的下落。因此，曉潔需要先想辦法確定唐奕竹的下落才行。

至於唐奕竹的失蹤，曉潔猜測應該就是口訣之中所謂的「靈藏」，簡單來說，就是人被鬼魂藏起來，下落不明。

這種情況其實並不罕見，事實上這是很多鬼魂靈體常玩的一種花招，日本還把這種現象稱為「神隱」。

而在十二種靈體之中，最擅長這把戲的正是魅。

因此曉潔覺得唐奕竹應該就是被小白給靈藏了起來，而不是被殺，畢竟如果唐奕竹被殺害，應該就會陳屍在這個房間裡，魅靈不會特別把屍體藏起來。

當然面對這樣的情況，有許多不同的處理方法，但是其中最有效也比較安全的方法，應該就是最容易跟鬼魂「談判」的那個方法吧？

那個對鍾馗派來說，最基本也最具代表性的方法——跳鍾馗。

這對曉潔來說，有兩個層面的問題，第一就是她沒有專屬於自己的本命鍾馗，另外一個問題就是她也沒有隨身將鍾馗戲偶帶來台中。

就第一個問題來說，其實說不定才是曉潔最大的問題，在沒有本命鍾馗的情況之下，威力本身就會減弱不小，尤其是不能讓祖師上戲偶的身，對很多強大的鬼魂來說，會有決定性的差別。

尤其是曉潔不像阿吉那樣，有著出神入化的操偶技巧，因此可以在不動用本命鍾馗的情況之下，將鍾馗戲偶舞得栩栩如生。現在的曉潔，光是跳鍾馗都有點勉強，十次之中總會出現幾次錯誤。如果要實際上場的話，恐怕還有點太快了。

可是現在也沒有多少選擇，因此不論如何，她都需要回么洞八廟一趟。

「不行，」曉潔將決定告訴詹祐儒與亞嵐：「我需要回台北一趟。」

「啊？」詹祐儒哭喪著臉說：「學妹，妳該不會想要棄我於不顧吧？」

「當然不是，」曉潔白了詹祐儒一眼：「我需要回去家裡拿點東西，沒那東西對付不了她，巧婦難為無米之炊啊。」

「那、那至少留一個人下來陪我吧？」

曉潔看了亞嵐一眼，亞嵐一臉不願意，不過看詹祐儒那副快要哭的模樣，最後也只能無奈至極地點了點頭。

曉潔看了一下時間，現在是下午兩點多，來回至少也需要四小時以上，不過現在也只能盡人事、聽天命了。

如果沒有辦法在時間內趕回來的話，到時候恐怕就連詹祐儒都得跟唐奕竹一樣被靈藏了。

3

跳鍾馗，自鍾馗派傳承下來的一套驅邪避凶的技藝，由於並沒有限定只能傳給鍾馗派的弟子，因此從很早以前就已經廣泛流傳於民間，並非只有鍾馗派的道士才會。

不過對於鍾馗派來說，跳鍾馗仍然是非常基本的功夫，是每個鍾馗派道士入門之後，第一個要學會的功夫。

跳鍾馗有兩種方法，一種是道士自己扮成鍾馗，另外一種就是操作鍾馗戲偶，不過由於扮成鍾馗，在跳鍾馗的時候，有一定的危險性，因此一般多半是以鍾馗戲偶來跳鍾馗，只有在不得已的時候，才會粉墨登場，扮演鍾馗。

因此，對鍾馗派的道士來說，第二個要學會的功夫，正是鍾馗戲偶的操作。

在操作戲偶方面，曉潔的師父阿吉是箇中好手，更被稱為千年難得一見的天才，許多傳說中的技藝，都在阿吉的手上復活，重現這些傳奇技藝的面貌。

然而即便是阿吉，也是經過經年累月的練習，才到達出神入化的境界。曉潔學會戲偶操作，至今還不到兩年。

尤其是曉潔就只有在高二那年，曾經跳過一次鍾馗，還是在毫無打擾的情況之下，才有點驚險地完成，經過了這幾年，曉潔都沒有機會再嘗試，因此實際上到底這幾年的練習，是不是真的足以出師用在實戰，就連曉潔自己也沒有把握。

不過現在的情況，似乎也不容許曉潔退縮了。

接連兩天的奔波，曉潔覺得十分疲累，才剛上車沒多久，就在座位上睡著了，再度張開眼睛的時候，已經到達台北，接近下車地點。

下了車之後，曉潔馬不停蹄地趕回么洞八廟，並且把其他需要的東西都打包準備好。但是對於最重要的一個東西，曉潔一時之間卻完全不知道該怎麼辦。

當然么洞八廟之中，有許多堪用的鍾馗戲偶，但是曉潔卻很苦惱，因為這些鍾馗戲偶，沒有一個是曉潔的本命戲偶。

在缺少本命戲偶的情況之下，只能用一般的鍾馗戲偶，而這幾乎沒有機會讓祖師鍾馗降臨到戲偶上，因此威力方面將顯得不足，而且戲偶本身在缺少祖師鍾馗的法力保護之下，也很容易就破損不堪使用。

如果帶著一般戲偶下去的話，只帶一個有點危險，多帶又沒有意義，因為一旦破戲了，如果是鬥法的情況之下，還能換一個上，但是如果是在嚇阻鬼魂，跟鬼魂談判的時候破戲，就連曉潔也不知道該怎麼繼續下去。

當然，在么洞八廟裡面，有一尊鍾馗戲偶，堪稱為傳奇戲偶。

這個戲偶是一位國寶級的製偶大師，耗盡最後的生命製作出來的戲偶，由於臉上有一條明顯的刻痕，因此被人稱之為「刀疤鍾馗」。

這尊刀疤鍾馗，是阿吉的本命鍾馗戲偶，一人一偶之間的傳奇，更是在許多道士之間廣為流傳。

而這一對搭檔，在當年Ｊ女中的大決戰時，也曾經以一擋百，對抗過墮入魔道的阿畢與他操控的那些鬼魂。

大戰過後，曉潔把刀疤鍾馗帶回么洞八廟，將戲偶上的提線重新修好之後，就一直封存在專門堆放阿吉用品的房間中，也就是呂偉道長生命紀念館後面的那間廂房。

由於製作刀疤鍾馗戲偶的師父功夫精湛，加上最後也為了這尊戲偶鞠躬盡瘁，死而後已，因此刀疤鍾馗天生就具有超乎尋常戲偶的超強靈力。

除此之外，由於身為阿吉的本命戲偶，在阿吉傳奇般的操偶技巧之下，幾乎伴隨著呂偉道長東征西討，也讓這個戲偶的靈力長時間累積，其威力更是超過一般人所能想像的範圍。

而這尊刀疤鍾馗跟曉潔之間也有點淵源，過去曉潔曾經在什麼都不會的情況之下，基於危急的關係，使用過這尊戲偶。

因此這尊戲偶可以說是曉潔有生以來第一次操作的戲偶，而在那一次的經驗之中，由於刀疤鍾馗本身靈力過人的關係，所以還真的讓祖師鍾馗降臨，而那次經驗也是唯一一次曉潔讓祖師降臨在戲偶上。

所以如果為了保險起見，帶著這尊傳說中的刀疤鍾馗到台中，或許是最好的選擇，基於這個因素，曉潔來到了呂偉道長生命紀念館後面的廂房。

傳說中的刀疤鍾馗就在那裡，靜靜地躺在箱子之中。

光是看著箱子，就已經讓曉潔覺得內心彷彿有顆石頭壓著，淚水也湧現在眼眶之中。

即便經過了兩年，她還是很想念阿吉。

雖然不願意相信阿吉會就這樣離開人世，在曉潔心中寧願相信阿吉還好好地活在自己不知道的地方，但是在內心的角落，就連曉潔自己都知道這只是在自欺欺人而已。

真祖召喚，將祖師鍾馗的元神召喚到人世間來。

輕則元神受損、精神錯亂；重則一命嗚呼、粉身碎骨，這就是真祖召喚的代價，而阿吉在召喚完真祖之後，從此人間蒸發，失去了影蹤。

看著箱子猶豫了一會之後，曉潔嘆了口氣。

曉潔知道自己還沒準備好，對她來說，刀疤鍾馗不只是一個戲偶而已，在阿吉消失的此時此刻來說，這很有可能是阿吉的遺物。或許未來會有這麼一天，她真的會讓刀疤鍾馗重現江湖，不過絕對不是現在，她的心理跟技巧，都還沒有準備好。

現在的她，貿然使用這尊傳說中的刀疤鍾馗，可能只是讓情況更加難以控制而已。

既然決定不要使用刀疤鍾馗，曉潔拭乾眼角旁不經意流下的淚水，然後稍微調整一下情緒之後，走出了廂房，準備去倉庫挑一尊順手的鍾馗戲偶。

才剛走出廂房，一個陌生的身影就站在那裡。

廂房的前面是呂偉道長生命紀念館，珍藏著許多呂偉道長的相片，以及一些呂偉道長生前所使用的法器等等紀念物品，在過去一直都是對外開放，可以讓人參觀的地方，因此有人來參觀也很正常。只是在Ｊ女中決戰之後，幾乎所有會懷念與感念呂偉道長的人，都在那次決戰中殞落，這裡雖然還是照舊開放參觀，可是前來緬懷這位偉大道長的人，卻是幾乎絕跡了。

因此乍看到有人站在那邊仰望著呂偉道長的相片，一時之間讓曉潔有點訝異，尤其是站在那邊的人，是個年紀可能只比曉潔大個幾歲的女子，更讓曉潔有點好奇，這女子到底是在什麼情況之下認識呂偉道長的。

曉潔想起了在台南五夫人廟裡面，一個叫做小悅的小女孩，就年紀來說，小悅比曉潔還小，或許這女子就跟小悅一樣，曾經在小時候受過呂偉道長的幫助也說不定。

女子神情專注地仰望相片，略施脂粉的臉上微瞇著雙眼，似乎想要看清楚照片的模樣，讓身為廟方人員的曉潔，也不好意思開口打擾她。

曉潔也趁這個機會稍微觀察了一下女子，女子穿著一襲俐落的白色套裝，看起來就好像要去參加很正式的場合而精心打扮的模樣，彷彿是準備前往面試的社會新鮮人。

這時曉潔留意到了女子臉上的變化，像是看清楚了原本想看的東西，女子不再瞇著雙眼，取而代之的，卻是有點驚訝的眼神，然後眼眶緩緩地泛紅。

女子將眼光從那張照片移開，正準備移往下一張的時候，從眼角的餘光之中察覺到曉潔的存在，女子轉過身來，禮貌地笑著向曉潔點了點頭，曉潔也報以微笑頷首。

打過招呼之後，曉潔轉身朝向大門而去，準備讓女子一個人好好參觀，女子也轉過頭去，看著下一張照片。

「那個……」曉潔還沒走出大門，就被女子喚住。

曉潔停下腳步，轉過身來看著女子。

「不好意思，」女子尷尬地笑了笑說：「我想要請問一下，這個男的是誰？」

「嗯？」

女子指著照片的一個角落。

曉潔走過去看了一眼，女子所指的是在每張照片之中，都在呂偉道長後面作怪的男子，也就是阿吉。的確，如果不認識阿吉的人應該都會好奇，為什麼在每張照片的呂偉道長身後，都有這麼一個野小孩在那邊搗蛋吧？

因此曉潔也不以為意，淡淡地回答：「他叫做阿吉，是那位呂偉道長的弟子。」

女子點著頭，用幾乎完全聽不見的聲音喃喃自語，不過曉潔卻聽得很清楚。

「原來他叫做阿吉啊……」

女子沉吟了一會之後看著曉潔，然後有點不好意思地問道：「那麼妳跟這位阿吉……」

想不到女子會問這樣的問題，讓曉潔有點意外，不過基於來者是客的心態，雖然曉潔不太願意回答，也不喜歡女子這麼直接地提問，不過最後還是淡淡地答道：「他是我的師父。」

這是有生以來第一次，曉潔這麼告訴其他人，自己跟阿吉是師徒關係。

「師父……」女子點著頭：「原來是師徒啊。」

女子臉上竟然剎那間湧現出鬆了一口氣的感覺，這讓觀察力入微的曉潔，心也跟著揪了一下。

「原來……」女子點著頭說：「是這樣嗎？」

看到女子這個模樣，不免讓曉潔心想，女子應該是先前跟阿吉認識，並不是認識呂偉道長的。

曉潔的腦海裡面浮現出當時自己跟阿畢在這裡的時候，阿畢說過的話。

「想當年……」當時的阿畢還一臉回味的表情對曉潔述說自己與阿吉之間的情感，特別提道：「我們兩人一起跑遍了北台灣的夜店，那種革命情感，怎麼可以忘呢？」

這女子應該就是那時候認識的吧？阿吉這傢伙……

「不好意思，打擾妳了。」女子突然向曉潔鞠了個躬：「那我這就先告辭了。」

該不該跟女子說呢？關於阿吉已經……的事情。

想到這裡，曉潔的心中也漾起了微微的酸楚。

就在曉潔猶豫不決的時候，女子已經轉身離開。

雖然曉潔有股衝動想要追上去，問清楚女子跟阿吉之間的關係，並且告訴女子關於阿吉已經失蹤的事情，但是曉潔現在沒有時間管這些。

她知道詹祐儒跟亞嵐還在台中等著她，要是回去晚了，兩人都會有危險。

因此到頭來，曉潔並沒有追上去，只是眼睜睜看著女子的背影，緩緩走向大門口，最後消失在轉角處。

女子消失之後，曉潔搖搖頭，暫時不再去想關於阿吉的事情，跑到倉庫去，挑了一尊鍾馗戲偶之後，再度匆匆忙忙地離開了么洞八廟。

曉潔非常清楚，今晚，將會是另外一個漫長的夜晚。

第6章・男女有別

1

在回台中的路上，曉潔想到一件很重要的事情，由於昨天劉朝蓉有將電話留給曉潔，因此她趕緊打了通電話，希望可以請劉朝蓉幫忙借個東西，並且盡快拿到租屋處給亞嵐。雖然劉朝蓉完全不了解為什麼曉潔會要這些東西，不過還是很熱心地答應幫忙。

與劉朝蓉通過電話之後，曉潔也打了通電話給台中的亞嵐，除了跟詹祐儒共處一室讓她有點快要抓狂了之外，其他倒是一切正常。

回到台中的時候，天色已經暗了，曉潔馬不停蹄地回到了唐奕竹的租屋處。

一切都準備就緒，但是還有一個問題。

那就是目前除了知道小白是魅之外，其他都不知道，畢竟曉潔一直到現在都還沒有能夠見到小白一眼，光是從兩人與小白打照面的情況，也很難辨識出對方的真實身分。

因此曉潔的想法是，如果魅今晚真的找上門來，她打算先躲起來，等觀察到對方的真面目之後，再現身對抗她。

「不行！」聽完曉潔的想法，詹祐儒第一個跳出來反對：「別這樣，我真的沒辦法！」

「我們只是躲在浴室裡面，」曉潔比了比旁邊的浴室說：「不是真的要你一個人面對她。」

「你忘記中午的事情了嗎？」詹祐儒哀號道：「那時候是日正當中，我還被一群可愛的粉絲包圍著，妳記得我的模樣嗎？嚇到魂都飛了！何況現在是晚上耶，別開玩笑了。」

「只是一陣子，」曉潔無奈地說：「而且我會在這個房間佈一些陣，她要傷害你也沒那麼容易。」

「你可以堅強一點嗎？」一旁的亞嵐也是一臉無奈。

「不能留一個人在外面陪我嗎？」詹祐儒一臉快哭了的模樣。

「留人下來不就打草驚蛇了嗎？」曉潔嘆了口氣說：「到時候她說不定就不來了，你還要我們留在這邊幾天？我們已經請假一天了，再拖下去我們要面對的可能不是只有小白一個而已喔。」

聽到這裡，詹祐儒雖然有千百個不願意，最後也只能夠含淚點頭答應了。

說服了詹祐儒必須鼓起勇氣單獨面對小白之後，曉潔立刻著手準備，畢竟在小白真的找上門之前，這裡需要有點改變才行。

首先第一個要克服的問題就是空間，畢竟在這麼小的空間，如果真的要與小白用跳鍾馗來對抗的話，可能有點勉強，尤其是有張床在正中間。

不過好在這張床可以移動，不是釘死在地板上，所以三人合力將床打直靠在牆邊，為的是晚點如果曉潔要跳鍾馗的話，至少有點空間可以操偶。

在搞定床之後，門外突然傳來一陣敲門聲，把曉潔等人都嚇了一跳。

曉潔跟亞嵐兩人立馬衝到浴室裡面，詹祐儒則嚇到臉色瞬間變得慘白。

原本曉潔還打算佈一點陣，甚至在門上貼符，多少保護一點詹祐儒的安全，但是如今小白來得如此之快，確實讓曉潔有點措手不及，甚至考慮要不要顧及詹祐儒的安全，硬著頭皮上。

就在曉潔還舉棋不定，而詹祐儒也快要腿軟之際，門外傳來一道熟悉的聲音。

「葉曉潔，你們在嗎？我是劉朝蓉。」

聽到劉朝蓉的聲音與話語，讓三人都鬆了一口氣。

沒事，假警報。

雖然魅靈擅長魅惑人心，也常常會蠱惑人的心智，但這次應該真的是假警報，畢竟劉朝蓉會來，正是因為答應了曉潔要送一樣東西過來。

曉潔走出浴室，透過門上的貓眼往外看，果然看到了劉朝蓉就站在門外，這才放心地將門打開。

「不好意思，」劉朝蓉將手上的袋子交給了曉潔：「我只借到了兩本。」

「不會，真是太感激了。」曉潔說：「等我用好了之後會還給妳，不好意思，真是麻煩妳了。」

「哪裡，」劉朝蓉客氣地說：「為了幫助同學，這點事情沒什麼的。」

劉朝蓉沒有留下，在她離開之後，曉潔將袋子裡的東西拿出來，然後一人一本，把書交給了詹祐儒與亞嵐。

兩人看了一下，發現他們手上拿的是畢業紀念冊。

「我們分工吧，」曉潔說：「在我準備的時候，麻煩你們一件事情。」

「嗯？」

「幫我翻翻看你們手上的畢業紀念冊，」曉潔說：「每個班級的前面應該會有一張團體照，對吧？」

兩人各自打開自己手上的畢業紀念冊，雖然兩人手上是不同屆的，不過先是一張團體照，接下來才是每個人個別的學士照，可以說是畢業紀念冊的基本格式。

「我要你們數一下全班團體照的人數，」曉潔說：「然後再算一下後面的人數，看看有沒有不合的。」

「啊？」亞嵐與詹祐儒不約而同地發出疑惑。

「如果有不一樣的，立刻跟我說，雖然意義可能不大，可是順利的話說不定可以解開其中一個字。」

「其中一個字？」亞嵐不解。

「嗯，」曉潔點點頭說：「時間不多了，我們還是快點準備，你們就先找找看吧。」

三人分工合作，亞嵐與詹祐儒翻著畢業紀念冊，對照著後面學士照的人數，曉潔這邊寫著符繼續她的準備工作。

時間一分一秒過去，亞嵐眼睛已經有點花了，團體照的部分，每個人的比例都比較小，所以看得有點辛苦。

一連看了幾個班級，人數都符合，平常很容易就理解曉潔用意的亞嵐，這次也不知道曉潔為什麼要他們這麼做。

就在亞嵐還猜不透曉潔用意的時候，下一個班級立刻出現了不合的情況。

「嗯？」

亞嵐再度確認一次，確定前面的團體照跟後面學士照人數不太一樣。

「曉潔，」亞嵐對曉潔說：「我這邊有不一樣，前面團體照有四十一個人，但是後面只有四十個人。」

曉潔停下手邊的工作，然後靠過來看。

在曉潔的確認之下，的確人數方面如亞嵐所說的一樣，少了一個人。

一開始會要兩人確認畢業紀念冊的內容，只是一個賭注，看看能不能真的找到一點線索，想不到亞嵐竟然真的如曉潔預料的一樣，找到了人數不符合的班級。

本來曉潔還想嘗試從團體照與學士照互相比對，找出團體照中多出來的那個同學，不過團體照的部分有點模糊，其中幾個同學還被擋住，因此很難比對得出來。

當然會出現這樣的情況，有幾個可能性，不能斷定情況就一定是曉潔心中想的那樣。例如拍團體照的時候，實際上還在大四學期中，那時候學期的成績還沒出來，如果有人最後被二一，就不會在後面擺上學士照，人數自然會不一樣。

因此如果沒有辦法一一比對的話，那麼恐怕此舉的意義不大，畢竟這樣一來還是沒有辦法證明，小白的確就是曉潔心裡所想的那樣。

就在曉潔對這樣的結果有點失望的時候，旁邊的詹祐儒突然叫了出來。

「啊！」

亞嵐被詹祐儒嚇了一跳，瞄了他一眼說：

「人數不一樣，有必要叫這麼大聲嗎？」

詹祐儒猛搖頭，然後瞪大眼睛比著他手上的畢業紀念冊。

兩人湊過去看，只見詹祐儒指著的是一張團體照，而指尖則停留在一個站在最後一排的女生身上。

「小、小、小白。」詹祐儒是用擠的才勉強擠出這幾個字。

聽到詹祐儒這麼說，亞嵐跟曉潔臉色都是驟變，向前湊得更近。

被詹祐儒指認為小白的女生，拍得並不清楚，頭髮遮住了大半邊的臉，而且比起團體照中的其他學生，不知道為什麼，這女生顯得特別模糊，根本無法看清五官。

「你有算過人數了嗎？」曉潔問。

詹祐儒搖搖頭。

曉潔算了一下人數，然後比對了後面的學士個人照，真的少了一個人，而且一一對照之下，個人照中缺少的，正是被詹祐儒指認為小白的女生。

「你確定嗎？」即使詹祐儒說得肯定，亞嵐還是有點懷疑地問：「你不會認錯吧？」

詹祐儒哭喪著臉伸出手說：「雖然臉蛋看不清楚，可是那個輪廓、那個感覺，我敢發誓絕對是她，妳沒看我全身雞皮疙瘩都起來了。」

亞嵐轉過頭看著曉潔說：「這就是妳借畢業紀念冊來的原因嗎？」

「嗯，」曉潔點了點頭說：「不過我們是運氣好，連我也不確定這樣真的找得到。這也是妳跟我說了那個富江的故事之後，我想到的方法。我想如果小白是屬地的，那麼很有可能在這裡待了很長一段時間，當然也有可能混在別的班級裡面，我才會想到用這個方法來試試看。不過以魅來說，魅不喜歡獨處，因此應該會避開單獨照，但是如果混在團體裡面，應該是沒問題的。不過就像我說的，這樣也只能測驗出一種，所以才說我們運氣好，至少可以多確認一個字的屬性。」

「所以，小白是……。」

「目前應該是地魅。」

「喔？」詹祐儒一臉喜出望外：「所以確定她的身分了嗎？這樣我不需要一個人面對她了吧！」

「不，」曉潔搖搖頭說：「我們還是差最後一個字，所以可能還是需要麻煩你。」

聽到曉潔這麼說，詹祐儒的臉立刻又垮了下來。

在確定小白應該是地魅之後，準備工作也差不多告一段落了。

為了避免打草驚蛇，曉潔跟亞嵐先躲到浴室裡面，只留下詹祐儒一個人在外面，詹祐儒手上緊緊握著曉潔給他的護身符，坐在地板上靜靜地等待著小白的到來。

等待很痛苦，尤其是等待一個要來跟自己索命的鬼魂，更是苦中之苦。

雖然曉潔已經強調過，魅在正常的情況之下，不太會傷人命，但是只要遇到這種事情都應該做最壞的打算，這是詹祐儒的習慣。

時間一分一秒過去，三人不發一語，靜靜地等待著，然後……

一陣沉悶的敲門聲，在一片沉靜之中，傳入三人的耳中。

三人不約而同站了起來，因為他們非常清楚，在這時間，應該不會有人來訪。會這樣敲門，只代表著一個意義。

小白來了。

這夜，也開始熱鬧起來了。

2

在沉悶的敲門聲過後，整個空間又回復到一片死寂。

亞嵐與曉潔緊貼著浴室的門，完全聽不到半點動靜。

這是怎麼回事？

怎麼會這樣無聲無息？

那傢伙該不會睡著了吧？

兩人面面相覷，完全不知道外面到底發生什麼情況，為什麼會完全沒有半點聲息。

曉潔擔心詹祐儒的安危，輕聲地將門推開一點，透過些微的門縫只見到詹祐儒張大了嘴，愣愣地看著門口。

這傢伙愣在那裡幹嘛啊？

明明在行動之前，三人就已經做過沙盤推演了，遇到這種情況，詹祐儒應該隔著門回應對方，但是此刻詹祐儒卻完全愣在原地。

大門又傳來一陣沉悶的敲門聲，詹祐儒整個人顫了一下，將眼光轉到浴室的方向，看到了門縫中的曉潔。

曉潔努了努下巴，要詹祐儒回應敲門聲。

詹祐儒在曉潔的催促之下，沒有辦法，只好拉長了脖子，對著門外叫道：「誰啊？沒事就離開啊。」

詹祐儒的聲音，由於恐懼的關係，顫抖也就算了，還自然提高了八度。

聽到那完全走調的聲音，讓曉潔跟亞嵐互視一眼，臉上不免多了死魚眼。

小白是地魅……

就只差最後一個字了，有了這個字就可以準確辨識出小白的真實身分。

到底是妖？是靈？還是魔？

就像口訣裡面所說的「妖狂、靈詭、魔則強」，這是三種不同型態最基本的狀況。

妖是動物的靈死後幻化而成的，一般來說比起其他兩種靈體還要狂亂、難以捉摸，這是因為各種動物不同的脾性所產生的差別。

靈是人死後的靈魂幻化而成的，因此跟人活著一樣，比其他兩種靈體都還要難以理解，畢竟每個人生前的個性渾然不同之外，死時的思緒也都不太一樣，死後自然有所不同，因此詭譎多變，一直都是靈最常見的面貌。

魔大多是沒有經過輪迴，本身就是一種靈體，因此比起另外兩種來說，威力一般都比較強大。

門外再度傳來沉悶的敲門聲，讓詹祐儒的身體又顫抖了一下，他從曉潔那邊聽到過唐奕竹的故事，所以說什麼也不願意靠近門，更遑論靠上貓眼看個仔細了。

「誰啊？不回答我，我不會理妳的。」詹祐儒仍然雙腳釘在原地，只是拉長脖子回應。

曉潔在大門上貼了一張符，只要有這張符，不管任何靈體都沒辦法穿透這扇門，直接進入屋內。

這點詹祐儒也知道，因此打算跟她就這樣耗著。

門外的訪客似乎也察覺到這一點，突然之間不再敲門，就在詹祐儒覺得對方是不是真的就這樣放棄的時候，門外突然傳來熟悉的尖叫聲。

「啊——」

即便隔著一扇門，詹祐儒仍然被這陣尖叫聲震到耳膜陣痛，趕緊摀住耳朵。

聲音一直都是魅最強力的武器，不管是魅惑人心或者是攻擊敵人，魅都非常依賴聲音，除此之外，視覺與氣味也是魅最常利用的感官，這也正是口訣中所謂的「耳目鼻乃魅之所幻也」。

在與魅對抗的時候，最不能信任的就是這三個感官。

這點曉潔很清楚，不過浴室外面坐倒在地上摀著耳朵的詹祐儒就完全不清楚了。

在地上痛苦地摀著耳朵的他，眼看對方不敢進來，心也橫了，對著門外大罵。

「妳叫啊！妳叫得再大聲我也不會開門的！最好是叫到鄰居都被吵到，警察就會來收拾妳了！」

聽到詹祐儒這麼叫，就連浴室裡面的亞嵐也覺得有道理，轉頭看向曉潔，只見曉潔搖搖頭，表示沒有用。

因為曉潔知道，魅所發出來的氣味、聲音與所看到的一切，都是幻覺的一部分，除了被影響的人之外，基本上其他人或者是其他區域的人，都沒有辦法看到或聽到。

之所以曉潔與亞嵐兩人還聽得到，是因為目前魅所鎖定的目標就是這個房間，不過兩人聽到的聲音，比起外面的詹祐儒來說，就小得許多，不至於需要到摀耳痛苦的地步。

可是外面的詹祐儒完全不知道這點，依舊繼續跟外面的小白對吼。

一人一鬼就這樣維持著鬼吼鬼叫一陣子之後，門外的小白停止了尖叫，詹祐儒也停了下來，喉嚨感覺好像都喊到出血了，不過總算可以喘一口氣了。

就在詹祐儒這麼想的同時，突然大門傳來砰的一聲巨響，讓詹祐儒整個人都跳了起來。

雖然曉潔的符可以防止鬼魂穿門而過，不過不代表這些鬼魂不能破門而入。

因此看到小白打算撞門，讓詹祐儒的心整個揪在一塊，整個人也縮成了一團，緊瞪著大門。

擔心大門承受不了小白的撞擊，詹祐儒看著那張直靠在牆邊的床，考慮要不要衝過去把它搬到門前堵住大門，以防小白真的把大門撞開。

正這麼想的時候，外面突然安靜了下來，不只有如此，一瞬間那股恐懼跟壓力也突然消失了。

怎麼回事？詹祐儒狐疑地看著大門。

門外一片靜悄悄，彷彿剛剛的一切都只是一場惡夢，這讓詹祐儒有股衝動，想要靠到大門邊，透過貓眼看一下外面的情況。

只要看出去，外面一片風平浪靜的話，是不是就代表一切都結束了？

詹祐儒心中有了這樣的想法，畢竟說到底，如果不是因為自己無意之間去惹到小白的話，他說什麼也不願意單獨待在這裡。他心所愛的是曉潔，不是什麼曉潔的同學。所以就算沒有救出曉潔的同學，只要自己擺脫了小白，他確定自己絕對會二話不說，衝回台北，管他什麼同學，自己安全才是最重要的。

為了可以早日實現這個回台北的想法，詹祐儒的腳不自覺地朝著大門而去。

只要看一眼，確定外面一切風平浪靜……

這樣的想法，讓詹祐儒一步步靠近大門，他屏住呼吸看著門上的貓眼，然後緩緩地將頭靠近貓眼……

突然間，他頓住了，然後瞬間將頭縮回來。

不行！

詹祐儒突然想到這是恐怖片常有的橋段，那些恐怖的傢伙總是會這樣，先讓一切恢復平靜，然後等到裡面那些受害者去開門或者是走出來的時候，就會發現這一切只是那些妖魔鬼怪的伎倆。

每每當這種時候，電影總是會配上緊張的配樂，讓一切情緒達到最高點。

說穿了，一切都只是這些傢伙的伎倆！

有了這樣的想法，讓詹祐儒立刻打消了透過貓眼去看外面的念頭。

詹祐儒甚至感覺到得意。

不需要像亞嵐看那麼多恐怖片，哼！人是有慧根的！有些人只要看過幾部恐怖片，大概就知道這些傢伙想玩什麼把戲。

老子就不看貓眼！看妳能拿我怎樣？

詹祐儒一連退了好幾步，退回到自己原本的位置，與大門保持著一段距離。

每次只要看到那些恐怖電影的角色做出這種事情，詹祐儒總是覺得這些人是腦袋有洞嗎？為什麼明知山有虎，偏向虎山行？既然鬼怪消失了，又何必硬要把它們找出來不可？和平共處不行嗎？一定要這樣追根究柢嗎？

詹祐儒慶幸自己即便身在恐怖片之中，也有著天才般的冷靜與存活本領，他知道，只要他不要湊上前看，就不會發生這一切。

詹祐儒一臉得意，嘴角也不自覺浮出一抹笑意，鼻間卻在這時突然聞到一股不尋常的香味，那感覺就好像有個擦了濃郁香水的人，突然出現在這個房間裡面。

詹祐儒內心一懍，立刻看了看房間的各個角落，再三確認過都沒有人之後，才鬆了一口氣。

「應該沒事了。」

浴室中傳來曉潔的聲音。

這句話真的彷彿最好的鎮定劑，讓詹祐儒整個人原本僵硬的情緒與身體，全部都鬆弛下來了。

「呼——」詹祐儒口中吐了好長一口氣。

「好了，」浴室裡面曉潔的聲音說：「先把門上的符撕掉吧，我們要出來了。」

聽到曉潔這麼說，詹祐儒真的是心情都雀躍了起來，想不到真的熬過了，這下子曉潔應該會肯定自己了吧？

詹祐儒走到門前，將曉潔貼在門上的符一撕，瞬間一股厭惡的感覺，浮現在自己的心頭。

怎麼回事？

詹祐儒不自覺地向後退了幾步，那是種來自本能的反應，來自生物原始對於危險的警訊。

接著在下一秒鐘，一個身影穿透門，緩緩浮現在詹祐儒面前。

詹祐儒知道，自己鑄下大錯了，張大的嘴巴，旋即發出驚人的尖叫聲。

浴室裡的兩人，稍微打開一點門縫，看到了詹祐儒不知道哪根筋不對，竟然在發愣之後，突然走到大門前將符撕掉。

這完全出乎曉潔與亞嵐的意料之外，她們做夢也沒想到，詹祐儒這白癡竟然會自己去把符撕掉，讓兩人都傻眼了。

在曉潔的計劃裡，她竭盡所能地保護著詹祐儒，目的就是為了讓小白在這種情況之下，使出各種花招，而憑藉著這些花招，曉潔就有機會透過口訣去分析小白到底是哪種靈體。

因此她在門上貼了符，就是為了阻止小白直接進入屋內，卻想不到詹祐儒自己去撕掉了。

當然詹祐儒也不是白癡，膽子又非常小，這點曉潔很清楚，所以不可能是在他的自由意志之下，自願去撕掉那張符，所以肯定是小白對詹祐儒進行了不知道什麼樣的魅術。

明明在開始之前，曉潔已經特別要詹祐儒小心，不要太過於相信眼耳鼻，所聽所聞所見的一切，凡事都要有懷疑的心。

可是那時的詹祐儒，一心只想著快點熬過今晚，因此根本沒有很注意在聽曉潔講的話。

不過雖然小白通過了第一道關卡，曉潔設下的保護不只有門而已，只要詹祐儒接下來不要犯錯，撐到小白露出半點足以讓曉潔判斷她是哪種靈體的時候，一切都還在可以控制的範圍。

因此即便有點猶豫，曉潔還是決定先靜觀其變。

不過曉潔的內心極度不安，畢竟讓一個完全沒有半點抵抗力的人在外單獨面對地魅，曉潔仍然覺得不妥。

亞嵐看到曉潔的臉色，似乎也了解到曉潔的不安，因此伸出手，握住了曉潔的手。

曉潔看著亞嵐，笑了笑表示謝意，而門外，傳來了另外一陣詹祐儒的哀號。

「別過來！」詹祐儒對著小白叫道：「妳不能放過我嗎？我保證，我離開之後，絕對不會跟任何人說妳的事情，我發誓！」

詹祐儒所在的地板上，有曉潔畫好的符、佈好的陣，只要在這個陣裡面，小白就不能闖進來對陣裡面的詹祐儒出手。

因此小白只能在陣外環繞著，臉上不時露出恐怖的表情。

詹祐儒感覺到無比的恐懼，只能在陣中跟著小白轉，監視著她以防她出手。

雙方就這樣打轉了幾圈之後，詹祐儒感覺到有點頭暈，小白這才稍微退開。

退開之後的小白環顧了房間四周，最後眼光停留在置於牆角的衣架。

那是專門用來掛外套跟外衣用的直立式衣架，上面還掛有一件唐奕竹出門常穿的薄外套。

小白將衣架舉起來，然後臉上露出一抹得意的笑容，當然不需要說明，詹祐儒也知道小白想幹嘛，因此臉上立刻露出了糟糕與驚慌的神情。

由於衣架有點重，小白的力量並沒有想像中大，因此有點吃力，不過仍然將衣架抱起來，然後對準了詹祐儒揮過去。

眼看衣架橫過來，詹祐儒趕緊趴下去，順利躲過了衣架的攻擊。

由於曉潔在地上佈的陣，範圍並沒有很大，夠讓詹祐儒站在裡面，卻不夠他趴下將身體攤平，因此詹祐儒一趴下，手腳瞬間跑到了陣外。

小白見了，立刻用腳踩住詹祐儒的手，痛得詹祐儒哇哇大叫，小白接著將衣架扔開，蹲下身來抓住了詹祐儒的手。

小白用力一拖，將詹祐儒拖出陣外，詹祐儒見了當然驚慌失措，猛然一用力將手抽回來，並且想用爬的爬回去。結果還沒爬回到陣中，手又被小白拖住拉出陣外，雙方就這樣來來回回個幾趟，突然小白站起身來，不再去抓詹祐儒，這下詹祐儒終於可以退回陣中站起身來。

只是一站起來就看到小白臉上浮現出一抹微笑，詹祐儒一開始還不太明白，後來低頭一看，立刻知道小白為什麼會放棄將他拖出陣外了。

因為曉潔寫在地板上的字，都已經被詹祐儒來來回回的時候給抹掉了。

「我看你還有什麼花招。」小白恨恨地說。

詹祐儒聽到小白這麼說，立刻伸手到自己的口袋，摸索一下之後，掏出了一顆看起來有點棕黑色的藥丸，二話不說就將它放入自己的口中。

想不到詹祐儒真的還有花招，小白見了立刻衝上前，想要阻止詹祐儒，但是才剛碰到詹祐儒，詹祐儒突然抬手抬腳，擺出了魁星踢斗的姿勢，小白立刻「啊！」的一聲退了開來。

「一旦這些都失敗了，給你這個最後的保命法寶，」當時曉潔這麼告訴詹祐儒，並且將一顆棕黑色的東西交到詹祐儒手上：「含住這個東西，不要吞下去喔，就含著，然後再配合魁星踢斗的姿勢，應該就可以抵擋得住。」

曉潔說完之後，擺了一個正確的魁星踢斗給詹祐儒看。

詹祐儒看了看手上的藥丸，並且拿到鼻前聞了一下。

「有點難聞，」詹祐儒一臉嫌棄地說：「味道應該很難吃吧？一看就覺得很苦。」

「這個又不是糖果，」曉潔白了詹祐儒一眼：「不是給你吃的，你吞下去就沒用了，只能用含的。」

想不到到了最後，竟然會被對方連闖了兩關，這點不只有詹祐儒沒想到，就連曉潔也沒有想到。

原本還有點擔心曉潔的方法不知道可不可靠，想不到一擺出魁星踢斗的姿勢，真的立刻將小白給震退，讓詹祐儒一時之間也安心了不少。

礙於藥丸與魁星踢斗的威力，小白果然一時之間不敢靠近，再度用恨得牙癢癢的表情，瞪著詹祐儒。

詹祐儒當然不敢改變姿勢，一直維持著魁星踢斗的姿勢，只是連一分鐘都不到，詹祐儒立刻感覺到手腳痠痛，因為昨天他才用這個姿勢維持了很長一段時間，肌肉根本還沒獲得充分的休息，現在又得要擺出這個姿勢。

不過在恐怖的鬼魂面前，詹祐儒說什麼也不敢將手腳放下。然而堅持了不到幾分鐘，詹祐儒整個人就開始抖了起來。

看到詹祐儒這模樣，讓原本還恨得牙癢癢的小白，臉上更是露出燦爛的笑容。

果然撐不到幾秒，詹祐儒的腳一軟，身體失去平衡，為了不至於摔倒，高舉的腳立刻放下來撐住身體，才沒有讓自己就這樣軟倒。

而等在一旁虎視眈眈的小白，一看到這景象立刻欺上前來，詹祐儒嚇一大跳，立刻再將腳舉起來，勉強維持住姿勢。

只是小白來得極快，詹祐儒嚇一跳的情況之下，不自覺地張口「啊！」了一聲，口中的藥丸差點就這樣掉出去，詹祐儒慌張之下，用力一吸，總算是有驚無險地將藥丸吸回來，只是下一瞬間，因為吸得太過於用力，藥丸通過了嘴巴直接進入喉嚨，咕嚕一聲吞到了肚子裡。

雖然這顆像糖果一樣的東西，本身就是多種中藥材混合而成，食用沒有太大的問題，但是就像曉潔說的一樣，一旦吞下去就沒用了。

一吞下去，詹祐儒立刻又「啊！」的一聲，整個人也傻了。

這一吞，不只有詹祐儒嚇到，就連小白也愣住了。

想不到對方竟然蠢到連最後的法寶都吞下去了，這還真是出乎小白意料之外。

所有曉潔的防護，通通都沒了。

「救……」

正準備要呼救，詹祐儒的喉嚨就被小白一把掐住。

經過了一番折騰，小白終於等到了這一刻，她一臉怨恨地瞪著手上的詹祐儒，她並不想要將他藏起來，這一次她要好好品嘗眼前這傢伙的靈魂。

「你的魂是我的了。」

說完之後，小白將頭靠到詹祐儒的耳邊……

當魅要食用人類的魂魄時，有個非常明顯的分歧，而這個分歧正是口訣中所謂的「靈魅之以言，妖魅之以豔，魔魅之以味」。

這點曉潔非常清楚，因此透過門縫一看到這景象，立刻轉過頭來看著亞嵐。

好不容易終於等到小白做出足以判斷出最後一個字的事情，曉潔當然不再猶豫。

「是靈！」曉潔對亞嵐喊道。

亞嵐與曉潔互看一眼，頭一點，兩人默契很好，亞嵐拿出手機，曉潔打開廁所的門，並且將拿在手上的八卦鏡一轉，亞嵐則將手機的手電筒功能打開，對準了八卦鏡一照。

一道強烈的光束，透過了八卦鏡直直射向小白，光束準確地直射在小白身上。

「嗚啊！」小白的口中發出淒慘的叫聲。

小白放開了詹祐儒，並且用手擋著自己的臉，痛苦地向後退了幾步，光線退去之後，詹祐儒已經狼狽地連滾帶爬退到了靠近浴室的牆邊，而站在她前面，則變成了一個女人，小白正準備衝上前給這女人好看，但是卻看到了那女人手下垂著一個東西，頓時變臉。

那女人正是曉潔，而她手下垂著的東西，正是一尊鍾馗戲偶。

「等等絕對不要叫我的名字，也不要靠近我。」曉潔對身後的兩人交代。

來吧！曉潔對自己說。

這是她第一次實戰跳鍾馗，等等將會是一場前所未有的戰鬥，這點曉潔已經有覺悟了。

比起過去她跳過的鍾馗，這一次絕對不一樣，因為這一次，對方也會使出渾身解數，目的就是為了阻撓她跳下去，這點曉潔非常清楚。

一切都看這一次了，到底自己這幾年的練習是不是白費功夫，一旦面對真正的對手時，自己是不是什麼都不行，到頭來只是個練習專用選手，全都看這一次了。

曉潔深呼吸一口氣，抖動著手上的線頭，然後朝著小白踏出了第一步。

3

地魅靈，這就是小白的名。

如果在一般的情況之下，剛剛這一場對決應該已經結束了。

在透過八卦鏡的照射之下，只要點燭貼符，照著口訣來，應該就可以順利將小白收了。

不過在這種情況之下，被小白靈藏的唐奕竹，很可能就此失去行蹤，甚至可能因此死亡。

這當然不是曉潔樂於見到的，所以只能靠跳鍾馗了。

談判、講理、溝通，這些都是跳鍾馗的目的與手段之一。

因此曉潔邁開了自己與鍾馗戲偶的腳步，開始跳鍾馗的前七步，靠著這不蘊含破壞力的七步之下，也算是第一步的示好。

「鍾馗祖師在此，」曉潔用毫無起伏的聲音說：「妖孽休得放肆。有情請陳、有話好說，地魅靈，這是妳的名。鍾馗祖師，令妳交人，將妳藏起來的人放出來。」

小白聽到曉潔這麼說，先是怯懦地縮了一下，接著張大了嘴咆哮了一聲。

眼看小白抗拒，曉潔先是腳一蹬，領著鍾馗戲偶退了兩步，口中唸唸有詞了一番之後，再度向前踏兩步。

「再說一次，」曉潔對小白說：「鍾馗祖師在此，地魅靈，這是妳的名。放不放人？」

這一次小白不再畏縮，直接咆哮了一聲，回答了曉潔。

雖然早就料到對方都已經出手靈藏了，當然不可能就這樣罷手，不過曉潔還是一度希望，對方可以在溝通的階段，就將自己的同學交出來。

這就好像是面對所有握有人質的匪徒，警方總是會先派出談判專家，不過鮮少有歹徒會在這階段就放棄一樣。

既然文攻無效，接下來就只能武嚇了。

「既然這樣的話……」曉潔臉一沉：「就不要怪我了！」

曉潔雙手一抖，手上的鍾馗戲偶身子一震，大腳一抬向前一踢，威風凜凜地朝前一踏，精準地踏出了第一步「天樞」。

這一步一踏，小白立刻哀號著向後退了一步，就彷彿被曉潔壓過去一樣。

這景象連一旁看著的亞嵐和詹祐儒都覺得不可思議。

一切都在曉潔的控制之中，曉潔的眼角餘光也再三確認了放在角落的那個袋子，如果跳鍾馗還沒辦法壓住小白，那麼不得不收服她的時候，曉潔那個袋子裡面有足以對付小白的道具與法器。只要曉潔一聲令下，浴室裡面的亞嵐會點燃燭火，兩人配合之下，就可以收拾這傢伙了。

不過這是在跳鍾馗無效的情況之下，目前來說，曉潔的跳鍾馗完全壓制住了小白。

一切都在掌握之中。

抱有這樣的想法，曉潔踏出了第二步，這一步又讓小白更加痛苦後退。

只要一步步這樣進逼，就絕對有機會讓小白將唐奕竹的下落說出來。

「快說！」曉潔斥道：「人在哪裡？」

曉潔再踏出第三步。

雖然胸口開始感覺到有點沉悶，平衡感也有點晃動，不過曉潔仍然穩穩地踏出第四步。

每一步，彷彿都像是踏在小白身上般，讓小白痛苦哀號，可是倔強的她仍然不肯說出唐奕竹的下落。

曉潔不打算給小白機會喘口氣，抬起腳準備踏第五步，對準方位，身子與腳一沉，卻感覺到有股力道往上抬，讓曉潔一時之間踩不下去。

壓不下去？

熟悉的感覺又再度襲來，這就是功力與修行不足的結果。

為了抵抗這樣的力量，曉潔必須加強自己的力量，不過這樣一來，很可能方位就會失準。

曉潔一時感覺到有點灰心，想不到練了那麼久，還是會卡在這裡，不過這樣的灰心只有一瞬間，下一秒鐘，曉潔的臉色堅定而沉著。

其他的東西就算了，只有這個對曉潔來說，她絕對不能在這裡讓阿吉失望。

因為阿吉最厲害的就是操偶啊！

曉潔的操偶，可是那個被鍾馗派的所有道士公認為操偶天才的阿吉，那個曾經讓人看他的神乎其技看到跪下來痛哭的阿吉，一步步、手把手給帶出來的！

「用心去感受，當妳感覺到，妳與戲偶之間的繩子已經不見了，妳就真的跟戲偶同步了。」阿吉的話在曉潔心中響起：「真的很簡單，就像吃飯那麼簡單，筷子夾菜放到口中，妳沒有用腦袋下指令要嘴巴打開，嘴巴很自然就打開了。把戲偶當成妳身體的一個部分，一切就會順利了。」

曉潔腦海中想起這段話的同時，重心一沉，用力一踩，第五步就這樣踏了下去。

我不會輸！因為我的操偶是阿吉教的！

這一踩，不但踩出了曉潔的信心，更重重打擊了小白。

小白痛苦地跪倒在地上，原本嘴裡的哀號也變成了低鳴，就好像受了重傷垂死掙扎的人一樣。

再多用點力！再踏個兩步！一定可以逼她就範，把唐唐交出來！

曉潔調整一下氣息，並且緩緩抬起了腳，準備踏出第六步。

就在這個時候，窩在牆邊一直看著曉潔一步步將小白逼退的詹祐儒突然皺起了眉頭。

「什麼味道？」鼻尖突然又聞到了一股濃郁的香氣，詹祐儒皺著眉頭輕聲跟旁邊的亞嵐說：「妳有沒有聞到？」

亞嵐先是深吸一口氣，皺眉搖搖頭，然後揮了揮手要詹祐儒別吵。

詹祐儒心想，這股香氣那麼濃，妳是鼻子完全堵塞嗎？不然怎麼會完全聞不到？

就在詹祐儒這麼想的時候，頭突然感覺到一陣暈眩，那暈眩感來得又急又快，甚至讓詹祐儒都快要站不穩了。

「……我不是很舒服。」詹祐儒驚慌地跟旁邊的亞嵐說。

「嗯？」亞嵐看著詹祐儒，心想這男人怎麼毛病那麼多啊？

「等等，」詹祐儒暈到已經站不穩，突然跪倒在地上說：「我真的好像不太對勁。」

「你搞什麼，」亞嵐在一旁壓低聲音對詹祐儒說：「不是說不能出聲？噓。」

嘴巴這麼說，但是亞嵐還是出手扶了詹祐儒一把。

就在亞嵐把詹祐儒扶起來的時候，詹祐儒覺得頭暈好像好很多了，只是當詹祐儒站穩腳步，朝曉潔那邊一看，整個傻了。

戰況完全改變了，小白這邊已經一手掐住了曉潔的脖子，曉潔向詹祐儒這邊伸出了手，一臉痛苦萬分地叫道：「學長！救我！」

詹祐儒見了整個人都慌了，趕忙指著曉潔要亞嵐看，亞嵐順著看過去，然後回過頭來一臉狐疑，完全不知道詹祐儒在激動什麼。

「學長，救我！」曉潔再度發出求援的聲音。

詹祐儒看著亞嵐，但亞嵐卻是一臉不明所以的愣在那邊。

「搞什麼！」詹祐儒心急叫道。

被突然叫出聲的詹祐儒嚇了一跳的亞嵐，立刻示意要詹祐儒閉嘴。

「還噓什麼啊！」

眼看亞嵐完全沒反應，詹祐儒心急，看著曉潔被小白掐住脖子痛苦萬分的模樣，雖然有點猶豫，但是詹祐儒牙一咬，推開亞嵐。

他沒辦法眼睜睜看著學妹被殺，說什麼都要幫一下！

「我來了！」詹祐儒叫道，朝著小白與曉潔撲過去。

在空中的詹祐儒眼一眨，小白掐住曉潔的景象瞬間消失，取而代之的是曉潔拿著戲偶，正繼續壓制小白的畫面。

「啊？」詹祐儒叫道。

但是已經在空中完全來不及煞車的詹祐儒，就這樣直直將曉潔撲倒。

曉潔專注壓制著小白，正準備踏出第六步，突然聽到詹祐儒鬼叫，雖然嚇一跳，但曉潔還是沉穩著沒有受到太大的影響，卻想不到下一秒鐘，竟然被詹祐儒整個撲倒。

「啊！」眼睜睜看著詹祐儒暴走的亞嵐，完全不知道詹祐儒發什麼神經，突然就這樣撲過去，根本來不及阻止，眼看兩人跌成一團，亞嵐立刻衝上去，想將兩人扶起來。

就在三人亂成一團，勉強站起來的同時，一直被逼到牆邊縮成一團的小白，也站了起來。

小白怒號一聲，整個人也散發出讓人感覺到恐懼的氣息。

眼看情況危急，曉潔指著浴室叫道：「進浴室！」

與此同時，小白朝三人衝過來，在被抓到之前三人衝進浴室，曉潔將門用力一關，然後把唯一一張可以保命的符，就這樣貼在門上。

然而曉潔非常清楚，這張符可能擋得住小白穿門而過，卻完全沒辦法阻擋她破壞這扇門。

糟糕的是，所有法器跟可以對付小白的東西，全部都還在浴室外面。

而更糟糕的是，現在的小白極度火大，在沒有任何法器的防護之下，再跟她對上，恐怕立刻就會出現死傷。

「你發什麼神經啊？」亞嵐氣呼呼地打了詹祐儒一下：「全部都被你搞砸了！」

不過曉潔知道，這不是詹祐儒的錯，一切都是自己太大意了，魅靈最拿手的不就是這個嗎？

詹祐儒剛剛會去開門，還有突然撲倒自己，都是因為魅靈的魅惑，只想到自己跟她同性不會受到影響，卻完全忘了詹祐儒會輕易就被對方控制。

這一次，曉潔知道自己真的失算了。

4

在曉潔的盤算之中，本來就已經算到了所有最好與最壞的結果，但是這卻比她所能預料得到最壞的情況還要糟糕。

在詹祐儒的破壞之下，這戲也真的是破了，既然被破戲了，曉潔知道這下真的有如那句俗話說的一樣，沒戲可唱了。

這點還在曉潔的預料範圍之中，但是出乎曉潔意料之外的是他們不但惹毛了魅靈，而且還在一團混亂之中，三人一起躲入了浴室，把所有可以對付魅靈的東西都留在外面了，魅靈就守在門前，而且闖進來也只是時間的問題而已。

魅靈就在隔著一扇門的門外，發出震耳欲聾的怒號。

「怎麼辦？」

「怎麼辦？」

詹祐儒與亞嵐兩人同時看向曉潔，異口同聲地問道。

從聲音就可以聽得出來，小白是真的火了，這下就算能跳鍾馗，再次唱起這齣戲，恐怕也沒辦法嚇阻她或跟她談判了。

尤其身為女性，曉潔沒了鍾馗戲偶，也沒辦法以道士之身來跳鍾馗。

所有法器都在外面，就算想辦法衝出去，可能還沒拿到法器之前，這邊就要付出代價了。

越是明白眼前所面臨的情況，曉潔的腦海便越是一片空白。

「我也不知道怎麼辦……」這可能是曉潔第一次吐露這麼懦弱的心聲。

明明一切能做的都做了，但是情況卻像莫非定律所說的一樣，所有能錯的也都錯了，曉潔這下心也亂了，腦海一片空白，根本不知道該怎麼辦。

聽到曉潔這麼說，加上曉潔臉上浮現出來的表情，詹祐儒知道曉潔不是開玩笑的，是真的沒有辦法了。

「連妳都無計可施……那我們就真的走投無路了，」詹祐儒哭號著：「天啊！為什麼？

為什麼我老是要遇到這種九死一生的事情？老天你一定要這麼折磨我嗎？這就是所謂的天妒英才嗎？」

聽到詹祐儒這麼說，亞嵐真的是好氣又好笑，明明就是詹祐儒自己愛跟，而且也是他一手搞砸的，怎麼老是怨天尤人，好像是老天安排好的一樣。

不過當然，聽到曉潔這麼說，連亞嵐都不得不感到絕望。

這下子真的玩過火了，想不到眾人竟然會面對到這樣的狀況。

亞嵐望向曉潔，看到曉潔的模樣，反而有點愣住了，因為原本還一臉絕望與放空狀態的曉潔，此刻竟然嘴角有點上揚了。

「怎麼啦？曉潔？」

「無計可施……走投無路……緊急萬分……九死一生。」曉潔反覆地說著剛剛詹祐儒說的一些成語，每說一句嘴角上揚的角度就多了一分，最後形成了一抹苦笑掛在臉上，喃喃自語地說：「還真有這種時候啊。」

「妳不會嚇傻了吧？」亞嵐臉上也露出了欲哭無淚的表情：「曉潔？」

曉潔轉過來看著亞嵐，緩緩地搖搖頭。

當然，曉潔不是嚇傻了，而是剛剛詹祐儒的抱怨，讓曉潔想起了那時候阿吉說過的話……

J女中的決戰前，阿吉傳授曉潔口訣已經告一段落，接著進行了所謂「補充」教材的教學時，對曉潔說的話。

「當我們到了無計可施、走投無路、緊急萬分、九死一生的時候，身為一個鍾馗派的道士，永遠都有一個最後手段，超越一切口訣，凌駕任何經驗，那就是……」阿吉緩緩舉起左手地說：「請祖師爺。」

「有必要那麼戲劇化嗎？」曉潔白了阿吉一眼說：「簡單來說，就是不肖弟子罩不住了，只好請祖師爺出馬的概念。」

「別說那麼早，」阿吉一臉不以為然地說：「只要妳踏在這條路上，早晚也會遇到這種情況。」

「放心，」曉潔果斷地說：「我完全沒有打算踏在你說的那條路上。」

「相信我，」阿吉瞪大雙眼點著頭說：「當時我也跟妳說過一模一樣的話，看看我現在多慘啊，連當個老師也能遇到滿滿的撞鬼學生。」

「那是你哥，」曉潔一臉似笑非笑地說：「你忘記了嗎？」

兩人就這樣一邊鬥嘴，阿吉一邊將請祖師的步驟與重點告訴曉潔。

「這就是請祖師的步驟，懂了嗎？」教完之後阿吉這麼問曉潔。

曉潔點了點頭。

「重點就是我剛剛說的那幾個點，」阿吉再次提醒道：「其他的大概就只是一些大同小異的步驟，只要妳注意做到那幾點，理論上就沒什麼問題了。了解了嗎？」

曉潔點了點頭。

「嗯，不過妳記住就好，」阿吉一臉無所謂地說：「因為妳這輩子也請不到。」

「為什麼？」曉潔一臉狐疑：「因為我不是道士嗎？還是說要經過什麼像受洗之類的儀式？」

「因為妳是女人啊。」阿吉理所當然地說。

「哇，」曉潔張大嘴搖著頭說：「想不到鍾馗派竟然性別歧視啊？那你還教我是讓我學心酸的嗎？還是鍾馗派的女人都該死？」

「最好是啦，」阿吉懶懶地說：「性別這種東西是不能強求的，如果是讓祖師爺上鍾馗戲偶還可以，但是如果是上我們的身，妳讓祖師爺上女身，不覺得很不敬嗎？祖師爺耶！」

「好！」曉潔拍了拍大腿說：「那鍾馗派的女人遇到你說的無計可施、走投無路、緊急萬分、九死一生的時候怎麼辦？」

「請祖師爺之妹啊。」

「啊？」曉潔訝異地說：「這樣也行啊？祖師爺的妹妹也那麼強啊？」

「當然，」阿吉一臉理所當然地說：「祖師爺之妹可是大名鼎鼎的鍾靈耶，虎父無犬子，強兄無弱妹啊！」

「說得好像真的，」曉潔滿不在乎地說：「所以請祖師爺的妹妹也是一樣的步驟，只是喊的是鍾靈嗎？」

「理論上是，」阿吉聳聳肩說：「不過我也不是很確定，下次有機會的話，我去問一下梓蓉再告訴妳是不是這樣。」

「啊？」曉潔張大嘴說：「不能確定一點嗎？你忘記了嗎？這可是無計可施、走投無路、緊急萬分、九死一生的時候用的耶。」

「我只看過她請過啊，」阿吉攤開手說：「當時我也沒有很留意，我最好那時候就知道自己未來會收一個整天只會臭我、酸我的女弟子啦，事實上全鍾馗派，目前也只剩下她一個人可以請到祖師爺之妹。」

「趁機嫌棄我是怎樣？」曉潔冷冷地說。

「不過理論上行得通啦！」阿吉伸出食指比了比說：「理論上！」

曉潔瞇著眼瞪了阿吉一會之後，一臉無所謂地說：「沒差啦，反正請祖師這種事情，我應該不會用到。」

當然此刻的阿吉或曉潔做夢也不會想到，阿吉永遠沒有機會問梓蓉這個問題，因為幾個禮拜後，梓蓉就死在阿吉的懷中，這點不管是誰都沒辦法預料到。

「那我可以現在試試看嗎？」突然想到了個好主意的曉潔問阿吉：「就當作是練習那樣。」

「請祖師這種事情不能練習，」阿吉冷冷地說：「這不是鬧著玩的，如果不是在真正必要的時候請祖師爺，是非常不尊敬的事情，妳以為祖師爺整天閒在那邊沒事，可以讓妳呼之則來，揮之則去嗎？」

「不行就不行，」曉潔扁著嘴說：「問問而已，這樣也要趁機唸我一頓。」

這就是當時阿吉教曉潔關於請祖師的事情，現在回想起來，當時的阿吉還真的是說中了，想不到現在自己竟然真的遇上了無計可施、走投無路、緊急萬分、九死一生的情況。

雖然先前沒有練習或者使用過，不過就像阿吉所說的一樣，每個請得起祖師爺的鍾馗派道士，都是像這樣，在危急的時候才第一次使用。

既然如此的話，曉潔非常清楚自己沒有理由退縮了。

至少，她絕對不能讓那個阿吉丟臉。

有了這層覺悟，曉潔將指腹伸到了唇邊，對著亞嵐說：「你們兩個退到浴室後面貼著牆，等等無論發生什麼事，都絕對不要碰到我的身體，知道嗎？」

說完之後，曉潔對著自己的指腹一咬，咬出了一些血，然後照著阿吉當初教導自己的步驟，開始人生第一次的祖師爺之妹召喚。

與此同時，外面的魅靈突然撞起門來，亞嵐跟詹祐儒被這突如其來的撞門聲嚇到趕緊退到了最後面的牆邊，曉潔則站在門前，完全沒有動靜。

眼看浴室的門就要被撞開，曉潔還是沒有動作，讓亞嵐有點猶豫，是不是該去把曉潔拉過來，一起站在牆邊，不過就在剛剛，曉潔才交代絕對不要觸碰她的身體，讓亞嵐只能焦急又緊張地看著曉潔，卻什麼也不能做。

恐懼隨著每一次撞門聲逐漸飆高，而那扇脆弱的門，也隨著小白的撞擊，開口越來越大。

接著「砰！」的一聲，門再也承受不了小白的摧殘，整個被撞了開來。

小白就站在門外，渾身散發著寒氣，不需要曉潔解釋，兩人也能看得出來，小白是真的火大了。

眼看曉潔還是沒有反應，就這樣站在門前。

「死吧！」小白伸出手，朝門口的曉潔而來叫道。

「啊——」亞嵐嚇到叫出聲來。

結果說時遲那時快，就在小白雙手即將掐到曉潔脖子之際，曉潔突然抬起腳來，一腳就踢向小白的腹部，把小白整個踹出浴室。

「誰那麼囂張啊，」曉潔仰起頭來，嘴巴發出完全不一樣的聲音說道：「敢在我鍾靈面前鬼吼鬼叫的。」

光是剛剛曉潔那一腳，已經讓亞嵐與詹祐儒訝異到張大了嘴，此刻聽到了曉潔突然改變聲音與說話口氣，更是讓兩人瞪大了眼。

「鍾……靈？」

「誰啊？」詹祐儒問。

「……鍾馗的妹妹。」

「啊？」

亞嵐會知道鍾靈，是因為熱愛恐怖題材的她，有位非常喜歡的恐怖小說作家，名字就是鍾靈，後來在搜尋她的作品時，意外得知原來這也是鍾馗妹妹的名字，因此當曉潔的口中說出鍾靈時，亞嵐就知道是怎麼回事了。

此時的曉潔皺著眉頭，似乎有點疑惑，兩人不敢多嘴，靜靜地看著曉潔。

「嗯？感覺怪怪的，」曉潔皺著眉頭說：「有點不習慣。」

曉潔看了一下自己的身體，然後瞥見旁邊的鏡子，立刻轉過頭來照起了鏡子。

「啊唷，」曉潔嘴裡驚呼道：「怎麼不是梓蓉啊？難怪我覺得怪怪的，這丫頭誰啊？」

曉潔伸長脖子打量著鏡子裡面的自己，過了一會之後，嘴角浮現出笑意說：「哼，還挺標緻的嘛。」

曉潔將伸長的脖子縮回來，將身子一打直，低頭一看，看到胸前隆起的胸部，又笑著說：「唉唷唷，胸前也那麼雄偉啊？」

感覺好像喜上眉梢，就像是剛買了件好看新衣服的曉潔，竟然就這樣對著鏡子側著身，好好欣賞了一下，專注透過鏡子打量著自己的身體。

「學妹她……變得好怪。」完全搞不清楚狀況的詹祐儒輕聲對一旁的亞嵐說。

「是啊，」亞嵐白了詹祐儒一眼說：「只有你才會這樣自己稱讚自己吧？現在的曉潔已經不是她了。」

「什麼意思？」

亞嵐不想解釋，只是搖搖頭。

「啊，」再觀賞了一陣子之後，曉潔一臉滿意地笑著說：「真是讓人賞心悅目，心情大好啊！」

氣氛一瞬間變得極為詭異，原本還是恐怖到了極點的情況，誰知道隨著曉潔的不變，完全變了調。

亞嵐與詹祐儒愣愣地看著曉潔，這時彷彿為了想要刷自己的存在感，門外的魅靈又再度發出驚人的叫聲。

「區區一個魅靈，」曉潔冷冷地白了浴室外面的魅靈一眼說：「挺囂張的嘛？」

曉潔轉過身，面對浴室外的魅靈，嘴角浮現出一抹得意的笑：「嘿嘿，姐姐我可是很少有人請得動的唷。讓我算算，這五十年來，除了梓蓉之外，這姑娘可是第二個。」

曉潔話才剛說完，身形一閃，竟然突然衝出了浴室，一伸手便將小白的頭整個擒在手上，順勢將小白整個壓在牆上。

「會請我出來，肯定是妳這傢伙把人給藏起來了，你們魅靈最愛搞這套了，對吧？」

曉潔轉過頭看著亞嵐，亞嵐先是一愣然後用力點了點頭。

曉潔回過頭對著小白笑著說：「在我還沒發火之前，告訴我妳把人藏到哪裡了？」

小白痛苦地扭動著身軀，拚了命地想要掙扎，但是一碰到曉潔的身子，就讓小白痛到哀號，哪裡還有抵抗的力量。

「三！」曉潔倒數著：「二……」

「二」才剛下，小白立刻求饒。

「學司樓二樓西側最後面的那間廁所！」小白說道。

曉潔轉過頭，向亞嵐問道：「記清楚了嗎？」

「嗯！清楚了。」亞嵐回答。

接著曉潔手一用力，小白立刻雙手垂擺，再也沒有半點動作。

「告訴我，」曉潔問亞嵐：「這姑娘叫什麼名字？」

「葉曉潔。」

曉潔點了點頭，笑著說：「那就幫我告訴這姑娘，請多多指教囉。」

話說完，曉潔雙眼一閉，跟著身子一軟，整個人倒在地上。

而那個被曉潔緊緊抓在手上的小白，就這樣跟著被一帶朝地板一起下墜，一碰到地板，突然消失得無影無蹤。

詹祐儒與亞嵐兩人佇立在原地良久，沒人有半點動作。

靠著浴室的底牆，詹祐儒雙腿仍然覺得軟弱無力，如果不是靠著牆，他恐怕已經腿軟坐倒在地上了，即便一切似乎已經歸於平靜，但是詹祐儒的心臟還是猛烈地跳動著。

剛剛所發生的事情對他來說，已經超越他能負荷的極限了，他感覺自己的膽好像都被嚇破了。

曉潔的丕變、小白與今晚的一切，他知道回台北之後，他真的該找間廟好好收收驚。

這時他突然留意到站在旁邊的亞嵐，竟然也渾身在顫抖，這讓詹祐儒相當欣慰。

這段時間以來，他一直覺得自己的男性尊嚴備受挑戰，幾次遇到這種場面，這兩個小學妹老是看起來很靠得住，什麼都不怕的模樣，讓詹祐儒覺得很受傷，因此如今看到亞嵐竟然也會嚇到發抖，真的感覺到欣慰。

說到底終究還是小女孩，還是會感覺到恐懼。

這讓詹祐儒內心感覺到溫暖，不禁想要出言安慰一下學妹。

「真難得，」詹祐儒面帶微笑：「妳竟然會跟我一樣害怕得發抖。」

「不，」亞嵐一臉亢奮地說：「我是興奮啊！等我跟我哥說今晚的事，我哥一定會向我跪拜，我真是太屌了！可以跟鍾靈講到話！哈哈哈哈哈！」

看著狂笑不已的亞嵐，詹祐儒搖著頭，心中只有一個想法。

這丫頭不正常，非常不正常！

第7章・另一場風暴

1

過了一會之後，曉潔醒了過來。

亞嵐將剛剛鍾靈出現的情況告訴曉潔，並且將小白口中說的地點也告訴了曉潔。

曉潔打電話給劉朝蓉，在她的帶領之下，四人一起直奔學司樓，並且在西邊最後一間的廁所中找到了暈厥的唐奕竹。

不過讓眾人驚訝的是，失去意識被關在廁所裡面的人，不只有唐奕竹一個人而已，還有另外一個女孩。

這表示小白在唐奕竹之前，已經抓了一個女孩，等到四人將她從廁所裡面抬出來，一看到她的臉龐，讓眾人不禁大吃一驚，詹祐儒更是嚇到跳到廁所外面，只差沒有落荒而逃。

因為她跟小白長得一模一樣，根本就是同一個人。

亞嵐與曉潔當然一看到也跟詹祐儒一樣驚訝，不過曉潔立刻了解到事情是怎麼回事了。

「她應該就是你們班上第一個失蹤的那個女同學。」曉潔告訴劉朝蓉。

不過關於這點，劉朝蓉沒見過那個女同學，當然也沒辦法確定。

四人將唐奕竹與那個女孩，一起抬到廁所外面，還在猶豫要不要叫救護車，兩人便分別醒了過來。

原本還是有點怕的詹祐儒，在確定女孩並不是什麼妖魔鬼怪之後，緩緩地靠過來。

詹祐儒第一眼見到唐奕竹，立刻瞪大了眼睛。

比起另外一個女同學竟然長得跟小白一樣，讓詹祐儒覺得意外之外，更讓詹祐儒意外的是，唐奕竹竟然也是個不輸給曉潔的大美人。

「這到底是怎麼回事？」詹祐儒盯著唐奕竹的臉愣愣地說：「想不到學妹妳的同學竟然也跟妳一樣好看啊。」

聽到詹祐儒這麼說，亞嵐白了詹祐儒一眼。

曉潔卻是搖搖頭，淡淡地說：「這當然是有原因的，不過我不想解釋了。」

「有原因？」

這回答連亞嵐聽了都覺得有點奇怪，不過曉潔說不想解釋，眾人也不方便再追問下去。

只是亞嵐心想，同學是美女還有原因，難不成她們是全班集體去整形嗎？除了這個之外，亞嵐還真想不到其他原因。

當然亞嵐知道真相之後，可能會非常失望，因為曉潔她高中班上的同學，之所以全部都長相出眾的原因，就是出在一個好色的老師身上。

那老師濫用自己的權利，將全高中同年級中最漂亮的學生都聚集在同一個班級，只是沒想到最後這個班級竟然會被捲入一場災難之中。

只是一提到這個老師，就會讓曉潔心情低落，因為這個老師正是曉潔目前行蹤不明的師父阿吉，所以曉潔不想多說。

眼看兩人似乎除了身體虛弱之外，沒有什麼大礙，曉潔也總算是放心了。

由於第二天還需要上課，曉潔等人將唐奕竹與女孩託付給劉朝蓉之後，便趕到車站搭車，準備回台北。

在回台北的車上，曉潔向亞嵐解釋了整個事件的來龍去脈。

「我看了他的那本畢業紀念冊，」亞嵐努了努前面已經睡死的詹祐儒說：「那是五年前的畢業紀念冊耶，想不到小白竟然那麼早就出現了。」

「嗯，」曉潔點點頭說：「如果我沒有猜錯的話，小白應該十二年前就出現了。」

「十二年？這麼久？」亞嵐瞪大眼說：「怎麼知道的？」

「魅幻其實，需一輪，」曉潔說：「一輪就是十二年，所謂的魅幻其實就是指魅可以真正取代一個人，成為真正的人回到人世間。在前面的幾年，小白不需要任何實體，但是今年，她卻先抓了那女同學，很明顯就是為了取代她，因此前面應該已經經過十一年了。

而之所以選擇抓那位同學，大概是因為她跟小白給人的感覺還有氣息比較相近，就像在畢業紀念冊中出現的那個小白，雖然跟被抓走的那位女同學不是同一個人，但光憑感覺就能夠被那傢伙認出來一樣。」

曉潔這裡所指的那傢伙，當然就是在前面呼呼大睡的詹祐儒。

而一想到十一年來，這所學校的班級，都有個不存在的人跟大家一起生活，然後畢業，大家卻完全不知道她不存在，讓亞嵐不知道為什麼感覺有點浪漫。

「在迷昏了那女同學之後，」曉潔接著說：「她混到班上，跟大家一起上課，不過此時她需要一段時間，慢慢讓班上的同學感覺到她的存在，甚至相信她的存在，只要越多人相信她，真正的小白就會越虛弱。到最後，誰是人誰是鬼，就再也沒有任何人可以分辨得出來了。」

亞嵐感覺這更浪漫了。

「只是她沒想到的是，」曉潔皺著眉頭，臉上略顯哀戚地說：「在班上有個同學，因為元神有點受損的關係，特別容易見鬼，就這樣在她還來不及迷惑所有同學之前，便注意到她的存在。」

當然曉潔這邊所說的同學就是唐奕竹，而元神受損正是當年她們就讀高二時，發生那件事情之後所遺留下來的餘毒。

「為了不讓自己的行蹤被揭穿，」曉潔仍然一臉哀傷地說：「她只好對唐唐出手，把唐唐也藏起來。」

「只是她沒有想到的是，」亞嵐笑著學曉潔說：「她有個非常厲害的同學，不但可以收服她，還可以召喚鍾靈，讓她上自己的身，打她個屁滾尿流。」

聽到亞嵐這麼說，曉潔也笑了出來，臉上原本的哀傷也一掃而空。

這時旁邊又再度傳來詹祐儒響亮的鼾聲，讓亞嵐的臉又垮下來了。

「這傢伙還真的是很能睡耶，」亞嵐白了前面的詹祐儒一眼說：「上車前還說什麼這次的經驗肯定會害他失眠三個月，結果上車三分鐘就睡著了。」

曉潔笑著說：「算了，別臭他了，這一次他也算是幫了大忙，沒有功勞也有苦勞。」

「哇，」亞嵐張大嘴笑說：「妳這句話要是被他聽到，他肯定會心花朵朵開，不是照三餐把這個經驗拿出來講，就是纏妳纏得更緊。」

「所以，」曉潔白了亞嵐一眼笑說：「我應該殺妳滅口囉？」

「妳捨得嗎？」亞嵐一臉得意地說：「我可是恐怖片的天才喔。」

這話一出，兩人不約而同笑了出來，就這樣一路有說有笑地回到了台北。

幾天後，曉潔也接到了唐奕竹的電話，將後續的事情告訴了曉潔。

真正的小白身體虛弱，但是經過調養，已恢復健康，而學校那邊，似乎也接受了她的病假，讓她可以回到學校，開始她新的大學生活。

而三人共同體驗的這一段經歷，也讓小白、唐奕竹與她們的班代劉朝蓉，成為了好友。

當然這樣的結果，對曉潔來說，是最美好的結局。

至少這一次，她代替了阿吉，完成他沒能完成的心願，守護了過去班上的同學。

2

再度來到宿舍五樓，曉潔感覺自己就好像舍監一樣，一個個點著在場的縛靈數目。

果然，那個前幾天對付的人縛靈，也回到了這裡，在場的鬼魂從原本的四十六個，變成了四十七個。

只差兩個了。

原本還以為自己會隨著一個個追回這些縛靈，讓整個情況越來越明朗，但是那個人縛靈，卻讓曉潔訝異到不行。

看著那個人縛靈，曉潔的思緒非常混亂。

人縛靈是隨人而動，不會像這樣一直固定在一個地方，這也是曉潔完全想不通的原因。

看著人縛靈，曉潔也不免開始懷疑，在場的這些，真的除了這個人縛靈之外，其他都是地縛靈嗎？

有了一個例外，當然也會有其他的例外吧？

如果是這樣的話，為什麼它們還會被綁縛在這裡呢？

而被綁縛在這邊的縛靈們，為什麼看起來都蠢蠢欲動，不停搖晃呢？

無數的疑惑浮現在曉潔的腦海之中，但是她卻連一個答案也沒有，這讓曉潔非常的懊惱。

明明自己可能是有史以來，繼承口訣最完整的人，但是卻沒有辦法解答這些問題。

在發現了這些縛靈之後，曉潔只要一想到此，就會重複複習著腦袋中關於縛靈的口訣，但是不管曉潔反覆回憶幾次，都找不到任何跟這些縛靈有關的東西。

一想到這裡，讓曉潔真的體會到當時阿吉說過的話……

等等，想到了當時的情況，立刻讓曉潔回憶起來。

這裡會不會是……

曉潔感覺到震驚，環顧了一下四周的這些鬼魂。

沒錯，它們站的位置並不是隨機的，由於這些鬼魂站得很凌亂，所以並沒有特別注意，但是如果注意它們所排的圖形，就可以看得出來。

看著眼前這些縛靈，曉潔腦海裡面也浮現當時與阿吉對話的情況。

「你曾經告訴我，」曉潔拖著腮幫子問：「師公呂偉道長過去收服的鬼魂中，幾乎都是你在旁邊跳鍾馗，你有想過，如果沒有你，師公呂偉道長還會是一零八道長嗎？」

「會，」阿吉毫不猶豫地回答：「當然會。跳鍾馗是為了壓陣，就是鎮壓場面的意思，實際上對抗鬼魂的還是我師父。妳不了解，我師父的強大並不是在我出現之後，才變得如此強大的。」

曉潔似懂非懂地點頭，畢竟雖然常常聽到關於呂偉道長的事蹟，不過對於呂偉道長到底哪裡強大，到現在為止已經學會口訣的曉潔，還是不太明白。只知道呂偉道長法力高強，修行很高，但是就曉潔所知，呂偉道長的操偶技巧，甚至還在阿吉之下，為什麼還會那麼強？這點是曉潔所不明白的。

看到曉潔仍然不解的臉色，阿吉接著解釋。

「我們鍾馗派兩個最賴以為生的命脈，」阿吉說：「也是最重要的兩個項目，一個是跳鍾馗，另外一個就是鍾馗祖師傳下來的口訣。那些口訣博大精深，蘊含無數的真理，就像那些墮入魔道的人，可以透過這份口訣，得知操弄鬼魂的祕訣。這兩個項目，就是我們鍾馗派的兩個命脈。」

這一點對現在已經學會口訣的曉潔來說，當然很清楚，不過她還是不知道師公呂偉道長的偉大傳奇，到底有著什麼樣的基礎。

「如果說我是操偶方面的天才，」阿吉接著說：「那麼我師父就是口訣方面的天才。口訣不是只有記，還有理解與貫通，對此妳可能現在還沒辦法好好體會，但是口訣遠遠比妳想像中還要深奧，即便妳了解了字面上的意思，也不見得能夠參透其中的奧祕，尤其是相傳在入魔道之後，同一份口訣，還可以重組成各種不同的意義，展現出更強大的威力。這些都是目前的妳還沒辦法想像與體會的。」

阿吉說的是真的，就當時甚至於現在的曉潔來說，光是記得這些口訣，就已經很不容易了，了解又多加深一層難度，以一貫之就更別提了，光是照本宣科就讓曉潔很不安了。

「師父對口訣的了解，」阿吉沉著臉凝視著曉潔說：「不只超乎妳的想像，更是我這輩子都沒辦法到達的境界。尤其是我師父他或許是唯一一個，可以不入魔道，就參悟入魔道後，才能領悟的口訣。」

聽到這裡，就連曉潔都有點訝異。

「我師父留下來的口訣，」阿吉說：「並不是憑空而生的，那些都是實戰累積下來，以及參透那些有所缺漏的原始口訣蘊含所孕育出來的。或許現在妳還太年輕，而我對口訣的參透，遠遠不如我的師父，因此我不太能具體說明。不過，我可以舉一個例子，就是靈陣。」

「靈陣？」

「以毒攻毒，」阿吉接著說：「以靈為陣，即便在完全沒有辦法的情況下，我師父也可以透過口訣，參透出這樣的方法來對付敵人。」

當時，曉潔完全不能理解阿吉的話，當然口訣之中，也完全沒有任何關於靈陣的事情，即使是呂偉道長的口訣也沒提到過。

看著眼前的縛靈們，由於彼此不對襯，加上如果不是想到過去阿吉的講述，曉潔壓根兒也不會想到這些靈體會排成特定的圖形，更不可能看出個所以然。

而從現場的情況看起來，每七個靈體排成一個北斗七星陣，而七個北斗七星陣，也以北斗七星的模樣排列在一起。

看樣子這些縛靈真的是擺成了阿吉當年所說的靈陣，遺憾的是當時的阿吉並沒有解釋太多，只有提到，這樣的靈陣是為了鎮壓一些比較特殊而且無法處理的靈體。

以凶壓凶，以靈鎮靈，曉潔現在知道了，這四十九個縛靈就是為了壓制某個靈體，才會被定在這邊。

只是現在更讓曉潔不了解的是，到底是什麼樣的縛靈，會讓阿吉完全沒辦法解決，必須選擇這樣的方法來壓制呢？

除此之外，曉潔還想到一件事情，動用四寶需要法師大會這件事情，如果沒有記錯的話，應該是在阿吉大學畢業之後的事情。

換句話說，在阿吉就讀這所大學的時候，鍾馗四寶之中有兩寶在還在么洞八廟之中，尤其是那把鍾馗寶劍，更是從以前就一直在呂偉道長的么洞八廟之中。

鍾馗寶劍被稱為鍾馗四寶之首，對不管任何靈體都有一定的殺傷力，除了最高階的另外三種靈體，可能會比較不夠力之外，對付其他靈體，應該很足夠了才對。既然這樣的話，又有什麼靈體，會讓阿吉沒有辦法對付？

即便有鍾馗寶劍也沒辦法？

不得不用這樣的方法來壓制靈體？

想到這裡，讓曉潔覺得有點無力。

從看到宿舍五樓這些鬼魂開始，曉潔感覺自己就好像身陷於迷宮之中，原本以為只要走出迷宮，一切都能明朗，誰知道每次走出眼前的迷宮，都會發現自己身處於一個更大的迷宮。

不過曉潔知道，不管這個被壓制在這裡的靈體是哪種靈體，恐怕威力都遠遠超過曉潔所能應付的範圍。

而這，竟然是曉潔到目前為止唯一確定的事情。

3

回到么洞八廟，曉潔腦袋裡面還是想著這些讓她困擾的問題。

想了半天還是沒有半點結論的曉潔，正準備找阿賀來，問問看他打聽之後的結果，結果人還沒走出辦公室，阿賀就自己進來了。

「阿賀，」曉潔對阿賀說：「剛好，我正打算去找你。」

走進辦公室的阿賀，臉色有點難看，這點曉潔也注意到了。

「是，」阿賀點了點頭：「我來跟妳說一下，我幫妳找到了一個人，當年他是被光道長掃地出門的，原因是……違逆師尊，因為他對光道長的所作所為有意見，所以被逐出師門。」

「嗯，」曉潔瞇著眼笑著說：「我已經對他有好感了。」

「不過，」阿賀皺著眉頭說：「有件事情需要跟妳說一下……」

阿賀說完之後，側著頭有點猶豫。

「有什麼疑慮就儘管說吧。」曉潔說。

「就是在找到他之前，」阿賀垮下了臉說：「前後陸陸續續找到了另外五個人。」

「嗯？五個人？」

「嗯，」阿賀點了點頭說：「這五個其中幾個是光道長門下，另外幾個是東派的弟子。」

「喔？」曉潔也皺起了眉頭：「所以他們五個不願意跟我們見面？」

「不是，」阿賀抿著嘴說：「是這五個人都在這一年之內，全部往生了。」

「啊？」曉潔訝異地張大了嘴：「五個都往生了？」

照阿賀的說法，這五個人之中，有些人是意外，但是有些人竟然到現在還搞不清楚死亡的原因。這正是阿賀臉色比較難看的原因，雖然這很有可能只是一連串不幸的巧合，但是打探到這樣的消息，還是讓阿賀覺得有點晦氣。不過最後總算是聯絡到一個平安無事的人，也讓阿賀稍微鬆了一口氣。

這個曾經因為反抗光道長而被逐出師門的男子，叫做郭茂啟，阿賀將他的聯絡資料留給了曉潔。曉潔在猶豫了一會之後，打了通電話給他，電話中曉潔並沒有多說什麼，只說自己目前繼承了么洞八廟，希望可以向他請教一些事情，並且與郭茂啟約定了時間碰面，希望可以當面向他詢問。

畢竟目前所遇到的情況，不是一時半刻可以說得清楚的，甚至曉潔也不清楚，對方有沒有可以提供意見的地方，不過對曉潔來說，有個可以諮詢的對象，是件非常不錯的事情。

抱持著這樣的想法，曉潔準時來到了兩人約定好的地點。

兩人約的地方是郭茂啟的辦公室，位於台北市中心的一棟商業大樓中。

曉潔搭電梯來到郭茂啟辦公室的樓層，才剛走出電梯，就立刻聞到了一股不尋常的味道。

曉潔搗著嘴，轉向位於東側走廊的辦公室，確認地址之後，推開了辦公室的玻璃門。

今天是週末，因此辦公室看起來似乎沒有員工上班，只有櫃檯與其中一間辦公室的燈光還亮著。

現在又是中午時分，所以光線並不算昏暗，玻璃窗透射進來的陽光，讓曉潔即便沒有開燈也可以看得清楚辦公室裡面的概況。

「你好，」曉潔對著辦公室裡面叫道：「郭先生，在嗎？」

等了一會，辦公室仍然靜悄悄的。

曉潔猶豫了一下，再叫了一聲，仍然沒有半點回應。

曉潔朝那間還亮著燈光的辦公室走過去，一走到門口，就清楚地看到了辦公室裡面的景象。

辦公桌上趴著一個男子，男子身後的牆壁上，有著一大片怵目驚心的血跡。

曉潔見到這場景，頓時倒抽了一口氣，不過僅此而已。

就連曉潔自己都很驚訝，自己在面對這樣的情況下，竟然可以如此冷靜。

或許是因為親身經歷過那場在Ｊ女中的血戰吧？

親眼看到一顆又一顆的頭顱，憑空爆炸的模樣，眼前雖然有點血腥，但是整體來說比起Ｊ女中當時的景象，這還算平靜且靜態。

不過曉潔腦海裡面也立刻浮現阿賀說過的事情。

五個過去曾經在鍾馗派門下的前道士，在這短短一年之內，全部都死於非命。

如果桌上趴著的這個人，真的是郭茂啟的話，那麼他即是第六個。

到底是怎麼回事？

從眼前看起來，似乎不是意外，看起來就像是命案的現場。

拿出手機，曉潔打算報警，與此同時曉潔走近幾步，看著趴在桌上的男子。男子的背後有幾個洞，看起來就好像有什麼東西在體內爆開來。是槍傷嗎？曉潔心想。

不過曉潔並不是警察，更不是法醫，就算是警察或法醫，也需要經過解剖之後才能得到準確的答案。

曉潔正打算打電話報警，但是電話還沒撥出去，身後就傳來一陣聲響。

曉潔轉過頭去，看到兩個身穿警察制服的男子出現在辦公室門口。

其中一個警察，看到了桌上的屍體，又看了看曉潔，立刻用手指著曉潔。

「別動！」

另外一個警察見了，也立刻伸手到腰際，抓著自己隨身佩帶的手槍。

「把手舉起來！」

曉潔一臉慘白，照著警察的指示，將手舉起來。

看著同樣也是一臉驚嚇的員警們，曉潔知道，自己說不定真的又被捲入了一場連自己都無法想像的風暴之中。

後記

大家好，我是龍雲，非常高興又在這邊跟大家見面。

由於最近終於在臉書上成立個人的粉絲團，所以在這邊跟大家分享一下臉書的一些心得。當初會辦臉書帳號，不瞞各位說，是當時在玩線上遊戲時，方便跟大家聯絡，所以才會去辦一個帳號。

不過雖然辦了一個帳號，但是大家還是習慣在MSN上面聯絡，因此臉書也形同荒廢。後來出版社要求提供一個臉書帳號，就拿那個去用。只是當時辦的時候，名字是用遊戲上使用的ID，因此才會變成現在在用的臉書，是「斗浪（龍雲）」的情況。

斗浪一直都是我在遊戲中的ID，不管是最早的天堂，還是到後來的信ON，我都是用這個ID，當時出道的時候，也一度考慮過直接用這個名字出道。不過後來還是沒用，在簽名的時候才發現自己真的沒考慮清楚啊！筆畫真的差太多了。

也因為這樣，導致有讀者跟我反映，在臉書上搜尋不到我的帳號。

不過現在成立了粉絲團之後，就沒有這樣的問題了，只要在臉書上搜尋「龍雲」，應該都可以找得到粉絲團。個人圖片所使用的畫像，就是在書最前面的那個龍畫像。

雖然說因為粉絲團才剛成立，很多東西我也還在摸索，不是很習慣，不過我相信接下來東西會越來越多的。當然那邊將會有最完整的書訊，以及一些生活大小事的分享，有興趣的讀者歡迎加入喔！

那麼，我們下次再見囉。

龍雲

龍雲作品 08

鬼同學：少女天師

國家圖書館出版品預行編目資料

少女天師 2，鬼同學 ／ 龍雲 著. — 初版. —
臺北市：春天出版國際，2016. 05
面； 公分. —（龍雲作品；08）
ISBN 978-986-5607-31-9（平裝）
857.7 105006240

ISBN 978-986-5607-31-9
Printed in Taiwan

作者 龍雲
封面繪圖 B.c.N.y.
總編輯 莊宜勳
主編 鍾靈
責任編輯 黃郁潔
美術設計 三石設計

出版者 春天出版國際文化有限公司
地址 台北市信義區信義路四段458號3樓
電話 02-7718-0898
傳真 02-7718-2388
E-mail story@bookspring.com.tw
網址 http://www.bookspring.com.tw
部落格 http://blog.pixnet.net/bookspring
郵政帳號 19705538
戶名 春天出版國際文化有限公司
法律顧問 蕭顯忠律師事務所
出版日期 二〇一六年五月初版
定價 170元

總經銷 楨德圖書事業有限公司
地址 新北市新店區寶興路45巷6弄6號5樓
電話 02-8919-3186
傳真 02-8914-5524